Tatematsuri 奉
illust. mmu
一直被當成無能的魔導師
其實是世界最強，
卻因遭到幽禁而毫無自覺
1

CONTENTS

Presented by TATEMATSURI

Munou to iwaretsuzuketa Madoshi jitsuha
Sekai saikyo nanoni
Yuhei sarete itanode Jikaku nashi

「是啊，沒錯。冒牌貨。
看到真正的『天領擴大』感覺如何？」

嘴角帶著獰猛的笑意，
阿爾斯從虹柱之下緩步而來。
往前一步，花草紛飛四散。
邁開兩步，地面坍塌陷落。
踏進三步，大地頓生龜裂。
那股魔力龐大到足以灼燒肌膚，
霸氣使空氣顫動，
其存在甚至扭曲了空間。

輕小說

L

一直被當成無能的魔導師其實是世界最強，卻因遭到幽禁而毫無自覺

1

奉

插畫/ mmu　　譯者/ 黃于倫

序幕

悠遠的天空萬里無雲，湛藍而澄澈。

依偎著蒼穹的太陽俯瞰大地，地面上有難以計數的士兵正列隊而立。

這群士兵氣氛肅殺，隊列井然有序，他們的頭頂上有一個奇異的黑點。

並不是雲朵。既非飛鳥，亦非魔物。那是人類的形狀。

一名身穿黑衣的少年——阿爾斯正悠然地飄浮在半空中。

「差不多該開始了吧？」

阿爾斯對背後帶戴著詭異囚具且性別不明的人物說道。

其眼睛被白色皮革覆蓋，看不出真實面貌，囚具外圍還纏繞著鎖鏈。

每次刮過強風，鎖鍊都會發出劇烈的摩擦聲，但在地上的人當然聽不見。

黑衣少年撫摸自己的下巴，露出大膽無畏的笑容。

既無半分緊張，也無絲毫恐懼。

整個人泰然自若。他全身散發著一股唯我獨尊的剛毅霸氣。

這名少年就如同捕食者一樣，隱藏著氣息不讓獵物察覺，他舔了舔嘴唇，神情因喜悅而扭曲。

「希望會有人用我不知道的魔法來對付我。」

風聲呼嘯，如泣如訴，彷彿天空在表達著對接下來將要發生之事的不安。

雖是常人難以忍受的強風，少年仍紋風不動，釋放著無法撼動的存在感。

「來，讓我們開戰吧。」

少年張開雙臂，一身黑衣如羽翼般在空中飛舞。

他發出怪物般的哄然笑聲，從體內爆發出龐大的魔力。

「心臟被捏碎如斯，溢出之血吞噬蒼天，零落之血啜飲大地——」

每當少年詠唱一段咒語，他背後之人的囚具就隨之鬆脫。

纏繞於身的鎖鏈逐一彈開，最後覆蓋在臉上白色皮革眼罩終於碎裂。

雖然露出的是美麗女性的真面貌，卻毫無生氣，散發出一股讓人毛骨悚然的氣息。

「光明斷絕，黑暗蔓延，星辰墜落，女神嗤笑，三千世界陷入哀嚎。」

少年詠唱完畢後打了個響指，女性睜大雙眼，將嘴巴張開到了極限。

「狂亂吶喊吧——『死亡迴響』。」

連神都能屠滅的狂想曲。

序幕

——即將蹂躪世界。

第一章 脫逃

時值朝露自葉尖滴落的清晨時分。

一隻背對著太陽的獵鷹，從大樹的枝頭乘風飛向天空。

獵鷹翱翔於天際，在那雙銳利的鷹眼底下，梅根布魯克邊境伯爵的宅邸就坐落在大地上。

雖然那棟宅邸富麗堂皇，與隸屬於亞斯帝國——世界最大國家的邊境伯爵十分相稱，但若移動視線，便會看見其旁邊蓋有一座極為格格不入的高塔，破壞了整體風情。

長滿苔蘚的牆面上只有一個入口，而僅有最上層鑲有一扇窗戶。

窗戶不僅裝著鐵欄杆，尺寸也不足以讓人通過。

唯一存在的房間格局狹小，只要三個成年人共處一室就會感到擁擠。

在光線昏暗不明的狹窄房間內，連接在牆壁上的鎖鏈鋃鐺作響。

黑暗蔓延的房間角落，蹲伏著一名四肢都被鎖鍊銬住的少年——阿爾斯。

「時間差不多了嗎……」

聽到震動自己鼓膜的『聲音』，阿爾斯抬起了臉。

唯一一道通往外面的厚重木門被人打開了。

第一章　脫逃

生鏽的金屬零件摩擦得嘎吱作響，走入房內的是一名中年男子。
他是治理普魯托內城的領主——奧夫斯・圖・梅根布魯克邊境伯爵。
同時也是阿爾斯的父親。
「吃飯了。」
奧夫斯簡短地說完後，扔出一塊發霉的麵包。
圓形的麵包在骯髒的石頭地板上不停滾動，直到阿爾斯的腳邊才停下來。
「只有這個嗎……」
「你以為你有資格奢望更多嗎？你已經是連飯桶都不如的廢物了。」
「所以……已經不進行『魔法開發』了嗎？」
「十六年了。這麼多年以來，不管我抱持多大的期待，付出多少的努力，你的天賦【聽覺】都沒有任何反應。它只是一個比別人聽力稍微好一點的無能天賦。因此，我判斷再進行『魔法開發』也沒用了。」
所謂天賦——那是存在於這個世界外側、另一個次元的眾神所賜予之恩惠。
每一個人都只能得到一種天賦，並不存在擁有多重天賦的人。
天賦從珍貴到無用，分為四種類型。
世界上獨一無二的稀世天賦，以及從祖先代代相傳的血統天賦。

平庸無奇的標準天賦。毫無用途的無能天賦。

其中，擁有可以使用魔法之天賦者往往會受到重用，另一方面，擁有無能天賦者則無論走到哪裡都會被當成垃圾對待。

而阿爾斯被賜予的【聽覺】，也被分類為無能天賦的一種。

「下一任繼承者也已經決定了，是你繼承了血統天賦的弟弟。」

阿爾斯的親生母親早已離世。此外，奧夫斯說的弟弟是繼母的孩子。

「那我會怎麼樣呢？」

「我會提供食物，讓你不至於餓死。等時機一到就放你離開。這是你母親菲莉亞的遺言。我會遵守約定……在那之前，你就在這裡老實待著吧。」

「不，那樣的話正好，今天就要說再見了。」

阿爾斯張開雙臂，扯斷束縛住自己的鎖鏈。

破碎的鎖鏈碎片在地板上彈跳，發出尖銳刺耳的聲響。

「……嗄？」

事情發生得太過突然，奧夫斯不由得發出呆滯的聲音。

阿爾斯無視愕然的父親，朝著牆壁伸出了右手。

「──『衝擊』。」

阿爾斯的手邊出現綠色的幾何圖案，牆壁在轉眼間就被炸得灰飛煙滅。

他嘴裡唸出的是『魔法名』，出現於右手的毫無疑問是魔法陣。

正因為如此，奧夫斯驚愕不已。

「怎、怎麼可能……剛才那是魔法嗎？」

瓦礫掉落地面，發出轟然巨響，塵土被捲向空中，漫天飛舞。

「沒錯。就是父親你斷定無法使用魔法的天賦——【聽覺】的『魔法』。」

阿爾斯十六年來一直受到名為『魔法開發』的拷問，最終所得到的成果。

雖然奧夫斯做出了徒勞無功的結論，但實際上並非全無意義。

阿爾斯成功地擴大了【聽覺】的範圍。

就奧夫斯的觀點來看，可能只會覺得是微不足道的進步。

但對阿爾斯來說，這就等同於救贖。

他不斷聆聽著世界各地的聲音，尋找著有沒有【聽覺】可以使用的魔法。

即使不明白意思，即使沒辦法使用，他也持之以恆地聽著全部的『魔法』。

「不過，也許是因為第一次使用這個魔法，威力比我想像的還要強——不，大概是父親你施展在塔上的『結界』變弱了吧。」

奧夫斯此人態度看似威風凜凜，內心卻是個膽小鬼。

為了掩飾帶著無能天賦出生的兒子存在，不僅把他幽禁在環境惡劣的高塔裡，而且為了不被其他貴族抓住把柄，採取了可說是偏激的徹底對策。其中之一就是用天賦【結界】遮斷了他與外界的接觸。

這座高塔被施以強力封印，本來應該已經變成任誰都無法進出的牢籠——然而……

「不可能……我昨天才重新施展了『結界』。」

「那麼，可能是哪裡出現了破綻吧。」

父親昏庸到無法正視現實，沒有任何值得學習的地方。

阿爾斯之所以一直忍受著幽禁生活，是為了收集在外界生存的情報。

在日復一日的生活中，他得到了有生以來的第一個目標。

「聽說外面有一個比『魔王』們更強的傢伙，人稱『魔法之神髓』。」

『魔法之神髓』——該名魔導師君臨於世界的頂點。

此人竊取了各個國家的機密魔法，以及諸多魔導師的祕藏魔法。

所以他才被稱為『魔法之神髓』，位居世界頂點。據說其力量甚至凌駕於『魔王』之上。

「我會找到『魔法之神髓』。」

阿爾斯多年以來忍受著這腐敗的世界，為了在外面生活做好萬全的準備。

他拚命地收集盡可能多的情報，就是為了見到這名人物。

「我想知道我不知道的魔法。」

阿爾斯神采飛揚地說完後，猛然往塔外縱身一躍。

「等等！」

奧夫斯大驚失色，急忙靠近阿爾斯向外跳的巨大坑洞。

「……咦？怎麼可能！人到哪裡去了？」

他往塔的下方望去，但那裡空無一人。

「居然說要找到『魔法之神髓』……？」

空虛茫然的疑問隨著塵煙一起消失在空中。

＊

——位於亞斯帝國，梅根布魯克領的海曼森林。

在這片廣闊的森林中，有一生物無視盤根錯節的地形，健步如飛。

那生物踩著樹幹進行跳躍，蹬向大樹的樹枝，在遙遠的前方著地。

雖然其動作簡直像是敏捷的魔物，但真實身分卻是一名清秀的少女。

她不停地奔跑著，一頭銀髮飄揚在腦後。

「……要是能把這個拿掉就好了。」

少女垂眼看向銬住自己手腕的囚具，皺起眉頭。

封印魔力的魔導具——如果沒這東西礙事，她早就穿過了海曼森林。

「不過，只要越過國境——啊!?」

原本身輕如燕地飛奔於林間的少女，姿勢忽然失去了平衡。

剛才敏捷的動作就彷彿假象一樣，她的速度驟降，猛然摔倒在地面上。

「唔……到底是怎麼回事？」

她因摔倒的衝擊而蹙起秀眉，一查看原因，發現雙腳腳踝都被藤蔓纏住。

藤蔓就宛如生物般蠢動著，顯然不是自然之物。

既然如此，答案只有一個。

「這是……魔法的產物——也就是說我被追上了嗎？」

當銀髮少女喃喃自語時，全副武裝的士兵們踩著草地逼近了她。

他們的鎧甲胸前刻印著帶有劍和盾的徽章——那是象徵著亞斯帝國之魔導騎士的證明。

亞斯帝國是擁有世界最大版圖的軍事國家。

其麾下魔導師也人數眾多，其中只由天才組成的魔導騎士團更以精銳著稱。

就連鄰近諸國都心懷畏懼的魔導騎士團，如今有五名成員就在眼前。

第一章　脫逃

對於被包圍的銀髮少女而言，可謂是絕望的狀況。

「這不是尤莉亞公主殿下嗎？在這種地方相遇可真巧，您在散步嗎？」

站在正面的男人帶著諷刺的笑容說道。

被稱為尤莉亞公主的銀髮少女也回以微笑，但蘊藏在其眼底的絕對稱不上是友好的神色。

「是啊，因為一直都被關著，所以想呼吸點新鮮空氣呢。」

「那麼，已經十分足夠了吧？由於您無謂的抵抗，不知道讓多少魔導師都落了個半死不活的下場……」

魔導騎士嘆了一大口氣，紳士地朝尤莉亞伸出一隻手。

「不好意思，請您回去過俘虜的生活吧。由於皇帝陛下有旨，必須鄭重地將您送到帝都，如果您再隨意行動的話，我們也只好嚴加看管。」

「……這種情況算是鄭重嗎？即使一點小傷也會被皇帝陛下問罪吧？」

「只要使用魔法，傷口什麼的根本不成問題。所以您最好弄明白，我們也能夠羞辱您。」

面對露出下流微笑的魔導騎士，尤莉亞嘆了口氣，動作俐落地起身。

「真噁心。難道所有男性腦袋裡都裝這種事嗎？」

「我們幾個忠於任務，所以情慾是次要的，但其他的分隊怎麼樣就難說了。所以為了您的名譽著想，希望您能乖乖在這裡束手就擒。」

「我明白了……那我就放棄抵抗，配合你們吧。我有辦法自己走路，可以請你解開我腳上的藤蔓嗎？」

這名男魔導騎士對於老實答應的尤莉亞感到驚訝，但也高興地翹起嘴角。

「您能明白真是太好了——喂，解除魔法。」

男魔導騎士對部下命令道，纏繞在尤莉亞腳上的藤蔓瞬時消失無蹤。

然後男人露出爽朗的笑容，朝尤莉亞伸出了手。

「抱歉這麼晚才自我介紹，我是負責分隊的雷克噗!?」

這個名叫雷克的魔導騎士話音未落，尤莉亞抬起的腳就粉碎了他的下巴。

當雷克下巴朝天的瞬間，白色牙齒連同鮮血從他的嘴裡噴向了空中。

魔導騎士們目瞪口呆，但他們馬上回過神來，制伏了尤莉亞。

雷克捂著嘴怒不可遏，惡狠狠地瞪著她。

「這該死的臭女人啊啊啊啊！我、我的牙齒！」

「哎呀，你不是說只要使用魔法，傷口根本不成問題嗎？」

「可惡……竟敢如此對我。喂，你們幾個，給我按住這女人。」

雷克拔出插在腰間的劍。

「我要先砍掉她的四肢再帶她走。哼，抵達帝都後再用魔法治療就好了。」

「可、可是，跟亞伯特閣下會合時要怎麼解釋呢？」

聽從命令把尤莉亞按在大樹上的其中一名部下問道。

「亞伯特閣下到帝都之前應該都不會追上來。聽說他跟認識的貴族約好了要喝酒，所以說要先過去一趟。」

雷克把血吐在地上。

「所以，只要不弄死她就沒問題。在抵達帝都之前，我要一路折磨她。」

他充血的雙眼裡沒有任何理性的光芒，注視著尤莉亞的右臂，舉起了劍。

「!?」

尤莉亞閉上眼睛，咬牙忍耐。

然而無論過了多久，疼痛都沒有襲向她。

傳入她耳裡的是某物折斷的聲音，以及跟物體撞上地面的聲音。

尤莉亞睜眼一看，雷克的劍從根部被折斷，劍刃插在地上。

「什麼？怎麼會突然……為什麼斷了？」

雷克思緒混亂地看著變輕的劍柄，尤莉亞注意到他背後站了一個人。

「嗨，抱歉好像打擾你們了，不過我有事情想問一下。」

這道聲音太過突兀，驚訝的魔導騎士們鬆開尤莉亞並拉開了距離。

然後，所有人的視線都集中在突然出現的少年身上。

「……你是誰？從哪裡冒出來的？」

「我是阿爾斯。順帶一提，那裡的灌木叢裡有一條動物小徑，我穿過之後就來到這裡了。」

少年指向樹叢，雷克毫不掩飾其不悅，咂嘴道：

「那你就往回走吧。你知道我們是誰嗎？」

「亞斯帝國的魔導騎士大人。你們不就是一群以多欺少包圍女性，非常有騎士精神的笨蛋嗎？」

「臭小鬼，少跟我打哈哈。我現在不殺你，趕緊給我滾。」

「這還是我第一次對人類使用——『衝擊』。」

「啊!?」

只見雷克的脖子往後一折，整個身體就拋飛出去，撞上後方的大樹。

在重力作用下跌坐在地的雷克，低垂著那張慘不忍睹的臉，毫無反應。

「咦…………他應該沒死吧？」

阿爾斯一臉困擾地撓著後腦勺，觀察著失去意識的雷克。

「我還以為一定會被反彈呢。話說回來，沒想到效果會這麼強……我明明選擇了自己能使用的魔法中最弱的一種啊。」

根據阿爾斯用【聽覺】所偷聽到的內容，亞斯帝國的魔導騎士團只由天才所組成。他曾多次竊聽這些傳聞中的魔導騎士戰鬥，留下他們非常強的印象。所以他用了『衝擊』——如果是威嚇程度的魔法，應該很容易防禦……然而，由於現實和記憶並不一致，讓阿爾斯感到很困惑。

『他、他剛才是不是廢棄了詠唱……？』

『冷靜點，照那傢伙剛才的說法，那只是下級魔法吧。而且我們有人數上的優勢。謹慎以對就不會輸。』

『魔法陣的顏色是綠色的。從魔法的效果來看應該是【疾風】或【風暴】——總之，肯定是綠色系。我們就以紅色系持有者為中心來對應吧。』

亞斯帝國的魔導騎士們在分析完畢後，做好了戰鬥準備，而阿爾斯見狀，也擺出迎戰的架式。

不過，對方或許是心懷警戒，組成陣型之後只站在原地觀望。

既然如此，先下手為強。

阿爾斯從幽禁時聽來的魔法當中，挑選出專門用於團體戰的一種。

「——『影駭響震』。」

橙色線條浮現在地面上，勾勒出幾何圖形後，完成了一個華麗的魔法陣。

『蠢蛋，看我們怎麼還擊你。讓【火焰】天賦的持有者到前面來——』

魔導騎士話說到一半就停住了，他看著阿爾斯的魔法陣，瞪大了眼睛。

『什麼，居然是橙色？他不是綠色系的魔導師嗎!?』

『太扯了！這不合理。神所賜予的天賦應該只有一種啊！』

『雖然不合理，但現實就擺在眼前。做好準備，魔法要來了！』

亞斯帝國的魔導騎士七嘴八舌地大聲嚷嚷著，但在橙色魔法陣消失後，什麼事都沒有發生。

『欸……搞什麼啊？這傢伙廢棄詠唱失敗了吧，害我們虛驚一場——噗!?』

『咦？喂，怎麼了!?』

以一人吐血會倒下為開端，魔導騎士一個接一個倒在地上。

阿爾斯見他們紛紛倒下，神情困惑地用手指撓了撓臉頰。

「這個魔法會助長驚訝和恐懼，並使判斷力變遲鈍。在這期間，地面會產生搖晃，從對手的鼓膜攻擊其腦部。因為只要用防禦魔法就能輕鬆對應，我還以為一定會被擋下——呃，看來是聽不到了呢。」

他幾乎沒有感受到對手任何的抵抗，一回過神來，亞斯帝國的魔導騎士就已經全軍覆沒了。

為了在『外面』生活，他確實做好了萬全的準備，但是不管怎麼說，如果對手沒用成這樣，他根本無法掌握自己的實力，不安之情油然而生。

「沒辦法。畢竟我也才剛出來『外面』。突然遇到強敵也很危險吧？」

阿爾斯自顧自做了結論後，轉頭看向從剛才起就屏息靜觀的尤莉亞。

「來吧，我幫妳弄壞那玩意兒。」

「啊，不，那個……這個囚具是A級魔導師——」

「應該沒有問題。我聽說過這個囚具的破壞方法。」

阿爾斯並未理會少女的制止，用手觸摸了囚具。

「『死亡之音』。」

「咦……？」

見囚具化為廢鐵掉在地上，尤莉亞瞪大眼睛，嘴唇微微顫動。

「……【疾風】、【詛咒】、【大地】。從來沒聽過有魔導師擁有多重天賦……而且還破壞了A級魔導師製作的囚具，簡直是魔——」

尤莉亞一個人喃喃自語起來，但阿爾斯拍了拍她的肩膀，打斷了其思緒。

「抱歉打擾妳想事情——不過我們還是先離開這裡吧。」

說不定還有亞斯帝國的魔導騎士潛伏在附近。

要是悠哉閒聊而遭受襲擊，那就太狼狽了。應該先離開這個地方。

阿爾斯邁開步伐，尤莉亞慌慌張張地追了上去。

「那、那個，謝謝你出手相助。」

尤莉亞的聲音中帶著些許困惑，但也充滿感激之情。

「可是你為什麼要幫助我呢？對方是亞斯帝國的魔導騎士。做到這種地步的話，他們不會輕易放過你的。恐怕也會為你的朋友和家人帶來麻煩。」

尤莉亞比起自己獲救的安心感，似乎更擔心阿爾斯今後的處境而感到內疚。她肯定是一個關心別人勝過自己的善良少女吧。

「妳不必擔心這一點。」

「……這話怎麼說？」

「沒必要在意——這麼說妳好像也無法接受吧。」

她歪著頭的樣子雖然很可愛，但那雙紫銀色的眼睛卻認真而堅定地凝視著阿爾斯。

並沒有隱瞞的理由。阿爾斯也懶得為此爭論，於是決定解釋給她聽。

「這也不是什麼稀奇的故事。在某個貴族家庭裡誕生了一個無能天賦的持有者。幸虧有母親的懇求，這個人才沒有被殺，但他的存在被藏了起來。」

然而，一直守護著阿爾斯的母親因體弱多病，在他六歲的時候去世了。

在那之後，阿爾斯的父親就開始沉迷於『魔法開發』。

『魔法開發』是一種從外部刺激身體來讓天賦產生變化的法術。

但是這種做法，現在被認為是一項禁忌。

理由是它不僅沒有任何效果，反而還是一種會讓人喪失感情、破壞人格，只會製造出廢人的邪魔歪道。

然而，阿爾斯的父親為了保護他自己的地位，不惜觸犯這項禁忌。

阿爾斯日復一日地過著猶如地獄般的生活，但父親終究還是再婚，生下了一個擁有血統天賦的優秀弟弟後，『魔法開發』也隨之戛然而止。

「雖然每天都過得很糟，但我確實也有所收穫。多虧這個緣故，我才能找到人生的目標，而且現在還得到了自由。光是這樣我就很滿足了。」

「可是……即便如此，『魔法開發』也是絕不能被原諒的行為。」

但就算她再怎麼義憤填膺，對於這個問題也無能為力。

尤莉亞的臉上充滿了無處發洩的憤怒，她懊悔地抿著嘴唇，垂下了雙眼。

「我很高興妳為我生氣。不過妳真的不用在意。」

他之所以說明了自己的處境，並非想要博取同情，也不是希望得到憐憫。不過，他還是想感謝這名為了自己感到悲傷的少女。

「話說我還沒自我介紹呢。我的名字叫阿爾斯。」

「啊，我是……」

尤莉亞視線游移不定，猶豫片刻後才開了口。

「尤莉亞……我是尤莉亞・德・維爾特。」

當他聽到維爾特這個姓氏時，從腦海裡的角落翻出了一段記憶。

前些日子被亞斯帝國毀滅的國家之一，應該就是這樣的名字。

既然她使用的是維爾特王室的名號，肯定是一名王族吧。

「……所以，妳是公主殿下沒錯吧？為什麼會落到這種地步？」

「我的國家已經滅亡了，所以也不知道能不能自稱是公主……」

尤莉亞的眉間流露出憂愁，一臉苦惱地緩緩講出自己的事。

「在王都被亞斯帝國攻陷後，我和家臣們一起逃離王宮，打算流亡到某個地方……但不幸被亞斯帝國發現而遭到了俘虜。」

然後，軍隊奉命將被囚禁的尤莉亞押送到帝都，並於途中搭建營地休息。然而，有幾名亞斯帝國的士兵因尤莉亞的美貌而色慾薰心，潛入她的帳篷襲擊了她。

「我拚命抵抗，好不容易成功逃了出來……」

「然後被追上，才變成那種狀況嗎？」

「正是如此。」

「也就是說除了他們之外，還有其他亞斯帝國的的魔導騎士吧？」

「照理說帝國應該派出了幾支小分隊要追捕我。他們說不定已經跟剛才的魔導騎士們會合了。」

「看來應該趕緊離開呢。」

「是的，不過阿爾斯先生原先打算去哪裡呢？」

「我本來打算去魔法都市。」

魔法都市——一座被魔法協會統轄的巨大城市國家。

那裡被譽為世界的中心，是魔法智慧和天賦雲集的地方。

不允許其他國家干涉，建立起自己的文化，獨佔著世界的睿智。

這樣的魔法協會是由二十四名理事在掌管，但統治著廣大領地的則是十二位魔王——被稱為魔導十二師王的一群人。

「你要去魔法都市嗎……？」

「是啊，我想見的人也許就在那裡。」

「不、不嫌麻煩的話，可以讓我同行嗎？」

尤莉亞突然探出身子逼近他，距離近到感覺得到彼此的氣息。

她這突如其來的舉動，逼得阿爾斯不禁連連倒退數步。

「哦……妳是指魔法都市嗎？」

「啊，對不起。」

或許是意識到自己的舉動而感到羞恥，尤莉亞紅著臉拉開了距離。

「……其實，我也打算前往那裡。」

的確，如果自己也身處同樣情形，也許會得出跟尤莉亞一樣的結論吧。

阿爾斯事實上算是逃亡者。也只有魔法都市才會接納像他這種來歷不明的男人。但是，他跟尤莉亞的立場和處境截然不同。

「你們應該有交好的國家吧？妳不能逃到那裡去嗎？」

「如果我逃亡過去，勢必會被亞斯帝國盯上。所以並非所有人都歡迎我。」

「即使一開始不介意，但考慮到後續問題，公主就會變成燙手山芋嗎？」

「對……能夠接納我的國家也只有魔法都市了。」

尤莉亞是亡國的公主，極少有國家會接受這樣的麻煩人物。

倘若是中小型國家，也可能會屈服於壓力而將她引渡給亞斯帝國。

「所以妳才要前往魔法都市嗎？據我所知，那地方確實是沒問題。」

統治魔法都市的魔法協會是一個永久中立國。

雖然立場上不偏袒任何國家，但如果魔法都市受到外敵威脅，魔法協會也不會手下留情。

而且無論是什麼樣的魔導師，只要有意學習，他們就願意接納。

熱愛魔法，守護天賦，培育才能——這就是魔法協會的方針。

「對，一旦進入魔法都市後，亞斯帝國也很難再對我出手了。」

「那我們就一起去吧。」

事已至此，兩人的命運也算是休戚與共了吧。

即使丟下她不管，也不會改變自己跟亞斯帝國發生衝突的事實。

「可以嗎？」

「不是有句話叫做『出門靠旅伴』嗎？兩個人會比一個人更有趣吧。」

「謝、謝謝你！」

尤莉亞臉上綻放如花般的燦笑，阿爾斯也自然而然地跟著露出笑容。

如果不是錯覺的話，感覺兩人已經逐漸熟稔了起來。

「總之先前往魔法都市吧。只要入城的話就能暫時確保安全。」

「嗯，那裡也有我熟識的人，應該可以幫我們帶路。」

那可真是僥倖。即使知道魔法協會的存在，阿爾斯也不知道該怎麼入城。帶著她一起去的話，也許能得到各方面的幫助。

「那我們就出發吧。我想這裡離魔法都市大約有一天的路程。」

邊境伯爵領地的國境之外，就是魔法協會——「魔王」們支配的領域。

兩人肩並肩邁開步伐，尤莉亞或許是耐不住沉默，開口詢問道：

「你剛才使用了好幾種魔法，那是什麼『天賦』呢？」

這個問題讓阿爾斯陷入沉吟。因為他並不想對外公開自己的天賦。

並不是因為它很稀有，或者隱瞞內容會對戰鬥有利之類的理由。

單純是因為很遜——畢竟是一直被認為無能的天賦，所以講出來也只覺得丟臉。

「怎麼了？我問了什麼奇怪的問題嗎？」

「不，沒那回事……倒也不是因為那樣。」

不過，他覺得尤莉亞應該不會嘲笑他。

看到她那雙清澈的紫銀色眼睛，就讓他產生了這種毫無根據的奇妙信任。

儘管如此，或許是因為內心仍有些掙扎，他悶悶地嘟噥道：

「是【聽覺】。」

「天賦是【聽覺】嗎……呃，希望你不要介意，但我還是頭一次聽到……該怎麼說才好呢？」

尤莉亞為難地露出含糊的笑容。她會有這種反應也在情理之中。

阿爾斯出生的時候，聖法教會派遣的『巫女』根據診斷，告訴父親說他的【聽覺】是一種前所未見的天賦。

從某種意義上說，這算是世間絕無僅有的稀世天賦——然而毫無用途，就連魔法都無法使用。

因此才會被斷定為『只是聽覺敏銳』的無能天賦。

「到十年前為止確實只是『聽覺敏銳』的天賦。但不知是拜『魔法開發』所賜，還是因為我在幽禁中經常使用【聽覺】接受外界聲音而受到刺激，現在我已經知道，自己可以使用與『聲音』相關的魔法。」

雖然省略了細節，但阿爾斯清楚地記得【聽覺】發生變化的時候。

在如飢似渴地只追尋著『知識』的那些日子裡——

——阿爾斯的【聽覺】到達了天界。

存在於異次元的諸神領域——他從那裡得到了全新的『睿智』。

自那一刻起，他就感覺【聽覺】天賦有了進一步的突破。

「原來如此……這樣的話也無法得知是哪一種魔法系統呢。」

魔法分為白、黑、紅、藍、黃、綠、橙這七種類型。

雖然有各式各樣的方法能判斷自身天賦所構築的魔法屬於哪個系統，不過最直接的方法是看魔法陣的顏色。

「是啊。我也能用綠色系以外的魔法，所以不太清楚自己的魔法系統。」

「嗯，你確實也用了橙色系魔法呢。不過，這麼一來果然是……」

尤莉亞欲言又止，搖了搖頭。

「怎麼了？」

「沒事……我覺得好像想起什麼事，但可能只是錯覺吧。」

「這樣啊。不過就算這天賦再怎麼稀奇，只有聽覺敏銳，在這世界上根本沒有意義。」

「會嗎？我覺得是非常令人羨慕的天賦呢。」

尤莉亞微笑著說道，阿爾斯神情無奈地撓了撓臉頰。

「只會被當成笑柄啦。那是我現在能使用魔法，不然僅有聽覺敏銳的無能天賦，根本無法在這世界生存下去。能夠做的只有盜聽這種類似犯罪的行為。實在不值得推薦。」

「其他人也許會這麼想……但你的天賦拯救了我是事實。我認為這是非常值得驕傲的天賦。」

她近距離目睹了那股力量，而且在【聽覺】的幫助下脫離險境。

尤莉亞並沒有瞧不起【聽覺】的樣子。

不過，阿爾斯還是頭一次被人誠摯讚美，所以感到有些害臊。

「哎，先別聊我的事了，公主殿下的天賦是什麼？」

「我的魔法系統是白色系的【光】。」

「那還真是……該怎麼說才好呢。」

「呵呵，你這麼驚訝，莫非是覺得不適合我嗎？」

尤莉亞臉上露出捉弄的笑容，彎腰從下方窺視阿爾斯的臉。

「不，沒那回事。這是非常適合公主的天賦。」

「我很高興聽到你這麼說。」

這天賦與她的白銀色長髮與紫銀色雙眸十分契合，極有公主的風範。

但這並不是讓阿爾斯感到驚訝的理由。

他之所以吃驚，是因為想起了尤莉亞所持有的【光】在世上絕無僅有，而被稱為稀世天賦。

「我很感興趣……改天讓我看看妳有什麼樣的魔法吧。」

「現在也沒關係喔？」

「在這種地方使用的話，不就等於叫人來抓妳嗎？」

為了避免被追兵發現的風險，他們並沒有走在街道上，而是朝著森林深處前進。

雖然有遇到盜賊和魔物的危險性，但阿爾斯有自信可以逃脫，因為他的【聽覺】能捕捉到聲音。

「阿爾斯先生到時候還是會保護我，不是嗎？」

「別得意忘形，我可不會再插手那種麻煩事了。」

「就算嘴巴這麼說，阿爾斯先生一定會來救我的。」

他實在搞不懂究竟是什麼觸動了尤莉亞的心弦，讓她能這般信任自己。

看著身旁露出喜悅微笑的公主殿下，阿爾斯一臉無奈地嘆了口氣。

「搞不好下次被抓的人是我喔？」

「到時候我一定會救你。」

「那我屆時就像被囚禁的公主一樣，老實地等妳來救囉。」

「你就放一百二十個心等我英雄救美吧。」

兩人一邊愉快地閒聊，一邊順利地在森林中前進，沿途沒遇到任何魔物。

但是，阿爾斯突然停下了腳步。

「從這裡一路往前走就能離開森林。」

「在那前方就是國境嗎？」

「對，我們在這附近休息一下吧。」

天色開始變暗了。

先填飽肚子，在深夜跨越國境才是上策。

這樣會比在早上被發現的可能性更低，而且靠著【聽覺】很容易在黑暗中找到沒有衛兵的地點。

他從麻袋裡拿出食材之類的東西——這些都是他逃跑時順手帶走的，原本只是默默旁觀的尤莉亞將臉湊了過來。

「請讓我來做吧！」

「妳不用在意啦。我聽說結伴同行就是要互相照顧。」

「到目前為止都是我在依賴阿爾斯先生。不能什麼事情都要你一手包辦。至少讓我幫忙做飯吧。」

「妳擅長烹飪嗎？」

雖說國家滅亡了，但她直到最近都還是如假包換的公主。

或許這是偏見，但他覺得公主應該沒有下廚的機會。

阿爾斯露出訝異的表情盯著她看，她緊握雙手，充滿了幹勁。

「我很擅長做點心。所以請交給我吧。」

「是、是嗎？那就交給妳囉。感覺妳能做得比我好。」

雖然理由有些牽強，但他還是決定交給她。

一方是毫無烹飪經驗的阿爾斯，另一方是做過點心的公主殿下。

如果要說想吃哪一方的料理，那當然是後者。

「生火的工作就交給我吧。我姑且具備相關知識。」

說著，阿爾斯從麻袋裡拿出工具，在撿來的柴火上敲擊了好幾次。

然而，完全沒有起火的跡象。

看到阿爾斯跟柴火苦戰的模樣，尤莉亞停下了手邊的工作。

「我、我有個小小的疑問……」

「什麼事？」

「那個是叉子和餐刀，我想那是沒辦法點火的。」

「…………是這樣嗎？」

「呃，這個才是打火石。」

尤莉亞翻了翻麻袋，取出形狀奇特的石頭與帶有刀刃的木製工具。

阿爾斯瞥了一眼尤莉亞手裡的東西，然後把視線落在銀製餐具上。

「哦，原來這就是……餐刀和叉子嗎？」

「你被幽禁的時候沒有用過嗎？」

「伙食都是只用手就能吃的東西。可能是怕我逃跑，從來沒有刀叉。」

即使具備相關知識，這也是他第一次看到實物。今後也會發生很多這樣的事情吧。想必每次他都得面對自己不諳世事的一面。

「……我得逐步學習呢。話雖如此，我也不知道怎麼做才對。」

像這類一般常識，無論如何都會出現困擾的情況。

看到阿爾斯的反應，尤莉亞溫柔地微笑，將打火石遞給他。

「不然我們一起生火吧？」

尤莉亞繞到阿爾斯的背後。

「不好意思，如果你覺得不舒服的話請告訴我。」

她將豐滿的雙峰貼在阿爾斯的背上，下巴放在他的肩膀上。

當甘甜香味刺激著阿爾斯的鼻腔時，尤莉亞將手輕柔地重疊在他的手上。

「將火絨放上去後用手指按住。然後請放鬆你的手。」

尤莉亞引導著阿爾斯的手，輕輕地敲擊打火石。

這麼一個簡單的動作就敲出幾道火花，點燃了火種。

隨後尤莉亞迅速將火苗搧大，以巧妙的手法生起營火。

「有什麼不懂的地方都可以問我。我會手把手教你。」

「謝謝。話說回來，妳生火的動作還真是熟練呢。」

「我有一位侍女非常精通此道，是她教我的。」

「原來如此，妳之前肯定接受了嚴格的特訓吧。」

「並沒有你說的那麼辛苦喔。她是一個像阿爾斯先生一樣溫柔的人，所以非常仔細地教導了我。」

「拿我跟她相提並論，對那個人很失禮吧。」

阿爾斯抬頭仰望，確認煙霧被樹枝分散的情況。

如果是這種程度，就不必擔心會被追捕者發現。

他將視線再次轉向尤莉亞，她正拿著隨身的匕首，動作俐落地切著蔬菜。

關於生火一事也是如此，看來交給她是正確的。

「話說回來，阿爾斯先生弄壞我的囚具時，我真的嚇了一跳。」

「為什麼？」

「因為上頭明明被施展了【陷阱】魔法，你卻毫不在意地去摸它……」

「那是因為我知道破解的方法，而且它有好幾處都重疊太多魔法，一看就不太尋常。也許是公主殿下妳自己曾多次試著破壞它？」

「我確實試著破壞了好幾次……」

「那麼，這就是囚具會輕易壞掉的原因吧。【陷阱】魔法說不定也是因此才沒有發動。」

「即便如此，還是讓我捏了一把冷汗，如果還有下次的話，麻煩你動手前先告知我一聲。」

「我會妥善處理。不過在那之前，妳最好還是別再被抓住了。」

「呵呵，你說的對。我會盡力而為——好了，上菜囉。」

就在閒聊之際，料理似乎完成了。

原本還以為一定會很好吃，但這份期待卻徹底遭到辜負。

「怎、怎麼樣？」

雖然她處理食材的手法有如大廚，但眼前端出來的料理卻看起來很難吃。尤莉亞似乎也意識到這一點，臉頰微微抽搐。

「妳其實……不會烹飪嗎？」

「呃，因為向來都是侍女在做……我以為有樣學樣也能辦到。」

「嗯，我覺得妳勇於挑戰的精神很值得敬佩。」

「如、如果是甜點的話……不，對不起。」

「……說不定這會很好吃啊。也許只是外觀很新穎而已。」

尤莉亞畢竟是公主，有可能沒見過平民的食材。

這都要怪父親沒有準備適合王族烹飪的食材。

更何況尤莉亞也沒有因為生火的事情，就嘲笑一無所知的阿爾斯。

所以，他不會責怪她。

都要怪父親不好。對，這一定是父親的錯——阿爾斯決定這麼想。

（不過，那些東西居然會變成這樣。這是食材的墳場吧。不，是召喚亡靈的儀式嗎？）

碗裡的液體烏黑混濁，看不出是什麼湯。雞肉也是表面燒得焦黑，裡面卻沒熟。麵包明明沒有經過烘烤，卻莫名其妙地一起燒焦了。

「對、對不起。」

也不知道她是怎麼煮的才會變成這樣。阿爾斯雖然也沒有烹飪經驗，但他覺得自己至少可以做得比這更好。

尤莉亞把頭埋在雙膝之間，藏住自己通紅的臉，阿爾斯望著她露出苦笑，並毫不猶豫地開始用餐。他把燒焦的部分削掉，沒熟的部分再用火烤過，倒也不會無法入口。

他也試著喝了一口湯，味道並不差。

「……嗯，還不錯。」

光看外表，這些餐點確實會讓人喪失胃口。

但是他在被幽禁時，每天都是吃發霉的麵包和冰冷的湯，一到冬天，麵包還會結凍，湯就跟泥水沒兩樣。與之相比，眼前的餐點簡直有如天壤之別。倒不如說光是吃起來熱呼呼的這一點，就讓他高興得都要落淚了。

不過獲得自由後的第一頓飯竟是如此，他也略感遺憾。

「很好吃喔，趁還沒涼掉之前快吃吧。」

聞言，尤莉亞的肩膀輕輕一顫，她微微抬起埋在膝蓋間的臉龐。

「真的嗎？」

她抬眼向他確認道，阿爾斯朝她點點頭。

「是啊，我覺得很好吃。」

「謝、謝謝你。」

尤莉亞欣喜地破顏而笑，篝火照亮了她安穩的表情。

月光從枝葉間灑落，她的銀髮在照耀下泛著淡淡的光芒。

阿爾斯望著她，一邊喝湯一邊提出了疑問。

「妳剛才說魔法都市裡的熟人，是維爾特王國的相關人士嗎？」

「正確來說是我的妹妹。她在魔法都市裡成立了一座公會。」

據說魔法協會的旗下坐擁超過一百座公會。

光是聽到這數字，會覺得魔導師應該數量很龐大，不過其中既有成員多達兩百名魔導師的公會，也有單獨一人的公會，落差非常大。

儘管如此，其魔導師的數量仍是其他國家所無法比擬的。

「原來如此……妳到了那邊後要加入妹妹的公會嗎？」

「對，我打算先投靠妹妹。阿爾斯先生打算怎麼辦呢？」

「似乎沒有一定得加入公會的規定，所以我想暫時一個人隨意行動。」

「聽起來也很有趣呢。不過，當你覺得無事可做時，請來我妹妹的公會吧。她一定會歡迎你。」

「我會考慮。」

阿爾斯坦率地點點頭，喝了一口尤莉亞特製的漆黑濃湯。

這湯有一種讓人上癮的苦澀味道，燉煮過的蔬菜伴隨著一股甘甜的香味，不知為何刺激著鼻腔深處。這頓餐點風味多變，令人吃起來毫不厭倦。

「話說妳妹妹也是稀世天賦嗎？」

「不，我妹妹名叫卡蓮，她的天賦是【炎】。」

「血統天賦——【火焰】的高階天賦嗎……姊妹兩人都很優秀呢。」

姊姊擁有稀世天賦，妹妹也有血統天賦，實在讓人吃驚。

不過，鑒於她們身為王族，這或許並非什麼稀罕事。

天賦很容易從父母繼承給孩子。

因此，王族或大貴族等上流階層的人們，會選擇優秀的天賦來進行聯姻，以便於傳承父母其中一方的天賦。

以這種方式世代傳承的天賦，在長年結合的影響下，變異成比標準天賦更高階的類型。由於威力極為強大，而被稱為血統天賦。

在這種情況下，也有像尤莉亞這樣罕見地帶著絕無僅有的天賦出生之人。這種天賦被稱為稀世天賦，聽說某些國家還會將持有者奉為神選之人。

所以亞斯帝國才會對尤莉亞窮追不捨，這不僅是因為她是戰敗國的公主，也是為了想得到稀世天賦【光】吧。

「我很期待見到卡蓮。我們有一段時間都只有書信往來……」

「明天妳就能見到她了。我就不打擾妳們姊妹重逢了。」

「怎麼會算是打擾呢……我很期待將阿爾斯先生介紹給卡蓮認識。」

「是嗎？那我也期待一下能見到公主殿下的妹妹吧。」

阿爾斯點了點頭，看了一眼已經見底的湯鍋，再度朝尤莉亞投去視線。

「好，肚子也填飽了。差不多該出發了。等越過國境後再睡覺吧。」

「我知道了。這裡還是亞斯帝國的領土，不能掉以輕心呢。」

或許是想起這裡並非安全地帶的事情，尤莉亞繃緊了表情，雙手握拳。

阿爾斯看到她的那個樣子，露出苦笑，不過當他將火撲滅後，周遭頓時變得伸手不見五指。假如是具備夜視能力的獸人應該不成問題，但對於他們兩個人類來說，當然不可能知道方向。

「我們手牽手前進吧。」

「欸……欸!?」

在黑暗中，他可以感受到尤莉亞激烈動搖的反應。

她心臟的聲音也像敲鐘似地劇烈地跳動著。

「有什麼問題嗎……？」

阿爾斯能夠藉著【聽覺】維持方向感，但尤莉亞並非如此。所以為了幫她帶路也只能牽著手，不過對方畢竟貴為公主，或許對於讓別人碰觸自己的肌膚有所抗拒吧。

「不然，要不要抓住我的袖子？」

「沒、沒關係！怎麼可能會有問題呢！」

尤莉亞猶豫片刻後，猛地抓住他的手。

她因為害羞而手心微微出汗，感覺體溫比平時還高。

「那我們出發吧。」

「好，麻煩你了。」

他們靠著【聽覺】走出森林後，發現沿著國境浮現著幾盞火把。

但是比預期的還要少。

魔法協會很少會跟其他國家發生戰爭，國境只用魔法監視，並未部屬士兵。因此，只有亞斯帝國這一方派兵駐守。

雖然亞斯帝國應該派出了追兵，但在這短時間內應該還沒派遣出足以監視整個國境的大軍。

這樣的話便能輕易地穿越。如果一切順利，早上就能抵達魔法都市。

「妳還撐得住嗎？」

阿爾斯在幽禁期間也盡可能自我鍛鍊，因此體能上還承受得住。

「別看我這樣，我從來沒有疏於訓練，所以沒關係。」

他原本想說公主不知是否能負荷，不過看來完全不用擔心。

包括心跳、呼吸、脈搏，一切都很正常，並沒有在逞強的感覺。

儘管如此，也沒有必要強行趕路。

多虧士兵比預期來得少，他們得以輕鬆地越過國境。

就算是亞斯帝國的追捕者，到了魔法協會的地盤也得慎重行事。

「既然越過國境了，今天就在這附近休息吧。」

「好……不過，你其實可以不用顧慮我喔？」

「不，晚上魔物很多——」

【聽覺】捕捉到微弱的腳步聲，以人類無法辨到的方式悄悄接近。

在漆黑的世界中，浮現出好幾道血紅的目光。

牠們的皮毛散發著熱氣，微微泛著暗紅色的光澤。

從氣息來看一共有五隻，每一隻都投來殺氣騰騰的視線。

「這附近是地獄獵犬的地盤嗎？」

地獄獵犬是一種性格兇猛且地盤意識極強的魔物。

牠們屬於夜行性生物，具有白天在地上挖洞睡覺的習性。

不親近任何人類，對於侵入地盤者會毫不留情地露出獠牙。

由於牠們會在地面上留下巨大爪痕和糞便來標記自己的地盤，聽說旅行者或行商一旦發現地獄獵犬的蹤跡，就會繞道而行。

「怎麼辦？」

「不用戰鬥的話當然最好，不過……」

看到圍著他們逐步逼近的地獄獵犬，那是無法實現的願望吧。

「看來只能戰鬥了。妳準備好了嗎？」

「沒問題。隨時都可以。」

他在感覺到尤莉亞點頭的同時，聽見了身旁拔劍的聲音。

其中一隻地獄獵犬發出野狗般的嘶吼聲，猛撲而來。

他想提醒她不要使用顯眼的魔法，但話還沒說出口就卡在了喉嚨裡。

「疾！」

阿爾斯才剛聽到一個微不可聞的吐氣音，地獄獵犬的頭就滾到了他腳邊。浮現在黑暗中的紅色雙眸逐漸失去光彩，最後消失不見。

「先解決一隻——再來。」

她輕聲低喃，聲音中帶著讓人背脊發涼的殺意。

「疾！」

在漆黑的世界裡，只見銀光一閃。

那不是魔法。而是只有將自身技術鍛鍊到出神入化者才能使出的劍技。

第二隻地獄獵犬的腦袋高高地飛舞在空中。

「……真厲害。」

阿爾斯苦笑。這就是公主的劍術。她說自己經過訓練，並非是信口開河。

從其高超的本領，可以感覺出她付出堅持不懈的努力。

身旁有這麼一名讓人心潮澎湃的強者，阿爾斯感到熱血沸騰。

「就是這個。我逃離那個狹隘的世界，就是想看到這樣的境界。」

阿爾斯剛壓低身體姿勢，兩隻地獄獵犬就飛越他的頭頂。

「她都展現出這種技術了，我也得加把勁才行。」

當浮現於空中的暗紅色光芒重疊的瞬間，阿爾斯打了個響指。

於是，綠色的線條在阿爾斯的腳下縱橫馳騁，勾勒出一個魔法陣。

「『東衝擊西』。」

阿爾斯的頭頂上發出爆炸聲，震動著空氣。

伴隨著肉體爆裂的刺耳聲音，飛散的鮮血如雨點般落在大地上。

雖然一招就解決了兩隻地獄獵犬，但阿爾斯的攻擊還沒有結束。

就在刹那間——刮起了一陣風。

一陣輕柔的微風吹拂而過，當風離去後，留下的只有死亡。

第五隻——最後剩下的那隻地獄獵犬身體一顫，被彈飛了出去。

「多重魔法……廢棄詠唱？」

尤莉亞驚愕的聲音被黑夜所吞噬。

多重魔法的優點是能通過組合兩種魔法來大幅提升威力，並且同時施放。但因為這需要對魔力進行精細的調節，意外爆炸的風險很高，所以能駕馭多重魔法的人在這世上寥寥無幾。

而且還加上廢棄詠唱的話，就只有限定的幾個人能夠辦到。

「雖然將『衝擊』和『聲東擊西』分開用也行，不過這方法較沒有破綻，可以確實殲滅敵人。」

「……阿爾斯先生真是厲害。看著你，我的常識都逐漸分崩離析了。」

尤莉亞神情恍惚地說道，似乎還沒能從驚訝中平復過來。

「我覺得妳說的有點太誇張了啦。」

阿爾斯用【聽覺】偷聽並當成參考的魔導師們，每一個都能夠廢棄詠唱，其中也有可以輕鬆使用多重魔法的魔導師。

「相比起來，我覺得妳更厲害。」

「不，我根本無法跟阿爾斯先生相提並論……」

「沒有那回事。光是妳那劍技，我就完全不是對手。而且擁有好幾種攻擊手段能用來保存魔力，真是讓人羨慕呢。」

阿爾斯邊說邊走近地獄獵犬的屍體。

「用來擋風剛好。就利用牠們來休息一會兒吧。」

雖說是春天，但夜晚仍極為寒冷。然而他們不能生火。因為這裡是平原，如果使用火這種顯眼的東西，很快就會被發現。所以，收集剛才打倒的地獄獵犬之屍體用來避風。

「說不上舒適，但用來休息一下正好合適。」

「可是，地獄獵犬的血腥味不會引來其他魔物嗎？」

「這點妳不必擔心。地獄獵犬會在地盤上標記作為警告。所以這附近沒有比地獄獵犬更強的魔物，也不會靠近我們。」

語畢，阿爾斯覺得說明得不夠詳細，補充道：

「就算有來自亞斯帝國的追兵，我想他們也知道這一帶是地獄獵犬的棲息地，所以不會靠近。對現在的我們來說，這裡是最安全的地方。」

「既然你這麼說的話……」

見尤莉亞似乎被說服了，阿爾斯席地而坐，將背部靠在地獄獵犬的屍體上。雖然很快就會變冷，但因為地獄獵犬是一種會在體內生成火焰、具有強烈熱量的生物，所以還能感受到一些餘溫。藉由堆積屍體來遮擋，寒風也沒那麼讓人在意了。即便如此，氣溫低仍是無可奈何之事，兩人的體溫不斷地流失。

阿爾斯從麻袋裡拿出一條毛毯遞給尤莉亞。

「用這個吧，我想應該多少可以禦寒。」

「謝謝。可是阿爾斯先生自己有毛毯嗎？」

「我不冷，沒關係。公主殿下用就好了。」

尤莉亞似乎不相信他的說詞，她披著毛毯走近阿爾斯，在他身旁坐下，將毛毯分一半給他。

「我們依偎在一起再裹上毛毯的話，應該會很暖和。」

「……妳其實不用介意。」

「不，要是感冒的話就麻煩了。」

「是嗎？那我就恭敬不如從命了。」

雖然覺得尤莉亞的心跳聲有點快，但他還是假裝沒聽見。

「話說回來，妳到了魔法都市之後打算怎麼辦？」

「我打算累積實力，有朝一日重振國家，但現在還不是時候。因為就算有幸得以復國，目前也沒能力維護領土……」

戰爭已經使得人民疲憊不堪。

大家沒有再度對抗帝國的力氣，現階段的復興是不切實際的想法。

「不僅無法從亞斯帝國的手中保衛國家，而且還會造成人民極大的負擔，所以即使我振臂高呼，人民也不會站在王室這一邊。」

聽起來她似乎覺得人民不希望的話，即使無法復國也沒關係。

不過聰慧靈秀如她，只要願意，人民應該會張開雙臂歡迎。

之所以不這麼做，是因為她對於將人民再度捲入戰火感到猶豫吧。

「阿爾斯先生，你為什麼想去魔法都市？」

「因為魔法都市聚集了全世界的天賦。」

他想測試自己被稱為無能天賦的【聽覺】能發揮多少實力，而魔法都市正是絕佳的場所。

最重要的是——

「也許『魔法之神髓』就在那裡。」

「『魔法之神髓』嗎……我只聽過傳聞，據說是一名絕世高手。有人說他實力凌駕魔王之上，君臨魔導師的頂點，是最接近『魔帝』的人物。」

『魔帝』——古今中外僅有一人被這樣稱呼。

身為魔法協會的創立者，是一名位居巔峰的人物。

那名男人統率著眾魔王，被稱為是對抗諸神的反叛者。

雖然是千年前實際存在的人物，但據說死於與諸神的戰鬥中。

自那之後，『魔帝』的寶座就一直空缺著。

「我想找到那位實力接近『魔帝』的『魔法之神髓』，獲取他所擁有的魔法知識。」

「莫非是為了要復仇嗎？」

「我對復仇什麼的不感興趣。」

阿爾斯凝視著夜空，向繁星伸出了手。

「我不會讓這種無聊的理由，再奪走我任何寶貴的時間了。」

世界就如同這繁星閃耀的夜空一樣遼闊，即使花費一生的時間也不知能否踏遍各地。

不過，如今他已經得到自由，沒有什麼地方是他不能去的。

「我想讓全世界知道我的存在——這就是我出生的意義。」

曾經有一段時間，他考慮過要反叛父親，從他手中奪走邊境伯爵的地位，但光因為天賦是【聽覺】，就沒有人會跟他站在同一陣線。

更重要的是，被無能者捲入紛爭的領民也不會歡迎阿爾斯吧。

此外，就算他幸運地從父親手上奪取邊境伯爵之位，也不知道能不能得到亞斯帝國的承認。

他不想再把寶貴的時間浪費在這種前途未卜的計畫上。

與其讓這些麻煩事拘束自己的自由，倒不如闖出一番作為，給認定自己是無能的父親一點顏色瞧瞧還比較痛快。

「所以我首先要找到『魔法之神髓』。然後，目標是與他戰鬥並獲勝。」

「雖然不知道我能不能派上用場，不過請讓我幫忙找人吧。」

「公主殿下——」

「叫我尤莉亞就好。」

「……可以嗎？」

阿爾斯還以為她身為公主會很在意身分差異，但看來並非如此。

「我早就想這麼說了。我認為自己並不是那種心胸狹隘到為了這點小事就會不高興的人。」

她臉頰微微泛紅，羞澀地說道。

「我們一起旅行，一起用餐，還像這樣並肩坐在一起。我們已經是朋友了。不用對我使用敬稱。如果阿爾斯先生不介意，請直呼我的名字。」

「……既然如此，妳也叫我阿爾斯就好。」

被人稱為朋友的感覺還不錯。

因為除了已故的母親之外，他一直沒有關係親近的對象。

頭一次交到朋友，他內心感到有些害羞。

阿爾斯摸了摸戴在左耳上的耳環，讓自己平靜下來。

「我知道了。那麼阿爾斯，你剛才想說什麼？」

「我只是想說，妳只要考慮自己國家的事情就好了。」

「阿爾斯救了我，就算你說不願意，我也要幫你。」

說著，尤莉亞拉住阿爾斯的手臂，胸部貼了上去，身體與他緊密接觸。

「怎麼了，妳覺得冷嗎？還是睏了？」

「啊，不……不是那樣的，對不起。」

「何必道歉？妳在逃亡生活中都沒能好好睡覺吧。現在就放心地睡吧。」

「真的很……對不起。」

事實上，自從被亞斯帝國俘虜後，尤莉亞就確實一直沒睡過覺。

她整天都得面對下流的視線和咒罵，根本沒有一天能夠放鬆。

由亞斯帝國的魔導師們所負責的護送，簡直是令人作嘔的地獄。

儘管皇帝明令不准對她出手，但她艷美的容貌實在太有魅力，以至於一些士兵哪怕要賠上自己的性命，也會失控襲擊她。

在逃亡的過程中，也有好幾名追兵按捺不住，想要對尤莉亞發洩慾望。她一次又一次地擊退這些襲擊者並逃跑，精神可以說已經相當疲憊了。

正因為如此，尤莉亞懷疑阿爾斯會不會也是半斤八兩，在這趟旅行的路上對他做了許多測試。

她為了試探他是否跟其他男人一樣別有用心，於是在各式各樣的情況下讓自己顯得毫無防備，包括生火與共用毛毯的時候，以及剛才的行動也是。

而其結果只讓尤莉亞感到愧疚，阿爾斯完全是出於單純的善意對她伸出了援手。

「阿爾斯，你知道嗎？我從來沒有遇過像你這麼善良的男性。」

當尤莉亞還是公主時，從未離開過王城。

所以在她第一次來到『外面』後，才理解到男人是多麼愚蠢可怕的生物，也以為在這世界上沒有希望了。

但就在最後的關頭，尤莉亞第一次遇到稱得上是『良心』的存在。

在黑暗中出現名為阿爾斯的『光芒』，是她原本以為永遠遇不到的『希望』。

「所以我一輩子都不會忘記今天的事情。」

「太誇張了吧。妳不用放在心上。」

「這份恩情絕不能忘。所以，我要在此發誓。」

她必須將自己現在懷抱的想法集結成形。

「如今國家已亡，唯有以此身報恩。因此當阿爾斯有難時，即使不惜性命我也會伸出援手；就算全世界的人都責備你，我也會站在你這一邊。」

「呃……不必到那種程度吧。」

阿爾斯覺得她不用突然立下這種誓言，但她也不是在開玩笑的氣氛。從其態度和聲音可以察覺，尤莉亞的發言是認真的。

「那我也在這裡發誓，我會站在尤莉亞這邊，直到最後一刻。」

「真的嗎？」

「嗯，我的信條是絕不食言。不過，要是會讓妳感到困擾就算了。」

「沒、沒有那回事。我很高興……真的很高興！」

尤莉亞的眼角泛著淚光，看起來相當欣喜。

不過，隨著她歡欣的聲音結束對話後，四周忽然陷入一片靜默無聲，阿爾斯看了身旁一眼，尤莉亞已經枕著自己的肩膀進入夢鄉。

這也難怪。她曾一度遭到亞斯帝國俘虜，在那之後又多次逃跑。肯定經歷了很多阿爾斯不知道的艱辛吧。

不可能會不疲倦。所以，他也能理解她為何自然而然地就睡著了。

尤莉亞的呼吸讓阿爾斯的耳朵覺得癢癢的，他小心翼翼地注意著不吵醒她，抬起頭仰望天空。

地面上生活著難以計數的人類，就如同夜空中繁星點點。

那麼，想必有很多人跟自己和尤莉亞有類似的境遇吧。

他因為害羞而只對尤莉亞說了表面目的，但內心另有真實想法。

他希望被稱做無能存在的自己，能夠幫助同樣境遇的人們對抗逆境，走向無悔的人生。

「我要擊敗『魔法之神髓』，當上『魔帝』，成為所有人的希望。」

*

——位於亞斯帝國，梅根布魯克領的普魯托內城。

即使時值深夜，奧夫斯・圖・梅根布魯克邊境伯爵的居住地卻有人員頻繁進出。每個人都身穿鎧甲，在肅殺的氣氛中拿著武器開始在院子裡列隊。

就連府邸裡也有全副武裝的士兵在巡邏，而在主人的房間前，配置著身強力壯的士兵在監視著走廊。

那間房間裡有兩個人。

其中一人眉頭緊鎖，讓其神經質的面容顯得更加難以親近。

此人就是府邸之主——奧夫斯・圖・梅根布魯克邊境伯爵。

在對面的沙發上，坐著一名金髮銀眼、容貌秀麗的男子。

此人名為維爾格・馮・阿肯菲爾德。

他是聖法教會的聖法十大天——被譽為『聖天』的聖騎士之一。

「沒想到精靈會蒞臨這樣的邊境。」

精靈族在大陸西南部的廣大森林地帶建立了一個巨大的國家。

由於是受眾神喜愛的種族，擁有優秀天賦者層出不窮。

所以他們不僅輕視人類，也看不起其他的種族，很少會有精靈族願意離開自國領土。

其強大的實力不容小覷。他們在權力、影響力、軍事力量等方面都被認為與魔法協會匹敵，亞斯帝國也正是因為有精靈族作為後盾，才得以擴張版圖，成為世界上最大的國家。

實力能與魔法協會的魔王——魔導十二師王相提並論的，正是聖法教會的聖法十大天。

他們是位居世界頂點的魔導師——而其中一人就在眼前。

「恕我在深夜造訪。我得到了令人在意的消息，於是前來叨擾。」

「令人在意的消息？」

「是關於帝國原本護送的對象，維爾特王國的尤莉亞公主。」

「我覺得這不是需要聖法十大天親自出面的情況吧……？」

「通常的話是這樣沒錯。我原本在處理另一件事……但得到了不容忽視的情報，尤莉亞公主似乎擁有【光】天賦。」

「那還真讓人意外……原來如此，聖法教會向來會收集白色系的天賦呢。」

奧夫斯裝傻道。其實他早就知道尤莉亞公主擁有【光】天賦。

但是，他不能被眼前之人抓住話柄。

雖然亞斯帝國和聖法教會締結了同盟，但最近兩國的關係降至了冰點。

在此之前，以亞斯帝國貴族身分為榮的奧夫斯，必須避免做出對國家不利的證詞。

「擁有白色系天賦者，無論是什麼種族都有資格進入聖法教會——不對，是必須進入。因為白色系是最神聖的天賦。」

「如果那是稀世天賦的話就更不用說了，是嗎？」

「反正也沒什麼好隱瞞的，我就告訴你，亞斯帝國在未徵得聖法教會許可的情況下就攻滅了維爾特王國，還故意隱瞞了尤莉亞公主的存在。」

「畢竟她要是得到聖法教會的庇護，帝國就無法對維爾特王國出手了。」

如果聖法教會為了保護維爾特王國的公主而出面，就連亞斯帝國也會無法繼續對王國兵刃相向。

就算內心百般不願，但到時也只能撤兵。雖說兩國關係降至冰點，但跟聖法教會為敵實在太過危險。

「而且帝國還試圖將【光】這項稀世天賦收為己有。這對我們來說可不怎麼有趣。」

「所以您才會來到這種邊境嗎？」

「上級有令，要我來親眼確認事實。」

「堂堂聖天居然被派出來跑腿嗎……那麼，您找我有什麼事？」

「有件事想拜託您，目前亞斯帝國似乎是以亞伯特閣下為指揮官在搜索公主等人，不過我希望奧夫斯閣下也能全面配合。」

「您難道看不出來，我已經盡力配合了嗎？更何況這本來就是亞斯帝國的問題，聖法教會無權干涉。」

即使他表示拒絕，維爾格並沒有要讓步的模樣，依舊帶著微笑點了點頭。

「這樣啊。不過，我也不能就此打退堂鼓。所以我就挑明直說吧。如果您抓住了尤莉亞公主，能把她交給聖法教會嗎？」

「那麼，我也明確地告訴您吧。我是亞斯帝國的貴族，並不是聽命於聖法教會。請您最好弄清楚自己的立場。」

「話說回來，您的嫡子還好嗎？」

維爾格冷不防改變了話題，奧夫斯單邊的眉頭一跳。

「……他現在應該正在自己的房間裡進行魔法訓練，您應該已經見過犬子一次了。」

「不不不，我不是說那一位。我聽說您有位兒子在前幾天逃跑了——名字叫阿爾斯，天賦是【聽覺】吧？他似乎擁有非常珍貴的天賦呢。」

「這是從誰那邊聽來的？」

「我是聖法教會的成員，稍微調查一下就能得到消息。而且您應該明白，在貴公子出生的那天，派遣來的『巫女』是屬於哪個勢力吧？」

「堂堂精靈族，居然無視保密義務嗎？」

「但凡無能者，不是殺掉就是隱而不宣。我明白亞斯帝國的陰暗面。所以您大可放心，聖法教會絕不會走漏風聲。我這不也是私底下詢問您嗎？」

「……阿爾斯不是我兒子，他已經和梅根布魯克家族沒有關係了。」

「原來如此，不過就算奧夫斯閣下自認如此，其他人又會怎麼看呢？」

「你想說什麼？」

「亞斯帝國不惜欺騙聖法教會，也想將尤莉亞公主送往帝都。然而，梅根布魯克邊境伯爵的嫡子卻協助她逃跑。當皇帝陛下知道這個事實時，您以為能裝成事不關己？」

「那傢伙從出生以來就和我們家族毫無瓜葛。如今他還是個逃亡的罪犯。若是將責任都推給梅根布魯克家族就不太講理了。」

「既然如此，您為何只派出少數人員協助搜索呢？我們只能就此得出結論，梅根布魯克家族很可能跟尤莉亞公主的逃跑有關。您要堅持與此事無關，那就請便。不過，聖法教會作為亞斯帝國的同盟國，必須向皇帝陛下說出真相。」

維爾格喝了一口用來招待客人的白葡萄酒，潤了潤喉嚨，向奧夫斯投去了銳利的視線。

「即使會讓梅根布魯克家族垮台也一樣。」

這擺明是一種威脅。但是，就算將尤莉亞公主交給聖法教會，也只會導致梅根布魯克家族在帝國內部的聲望一落千丈。

無論是選擇將公主交出去，還是讓家醜外揚，在前方等待的都不會是光明的未來。

維爾格似乎看穿了奧夫斯的心思，露出深不可測的笑容。

「如果您願意將尤莉亞公主交出來，我會請聖法教會向皇帝陛下解釋。當然不會讓梅根布魯克家族陷入窘境。」

奧夫斯覺得他實在是個令人惱火的傢伙。

既然對方知道了梅根布魯克家族的祕密，乾脆將他滅口——奧夫斯的腦中不是沒有閃過這種念頭。然而，在梅根布魯克的領地裡並不存在能夠戰勝聖法十大天的實力者。不，能夠戰勝他的人只有同樣水準的聖天或魔王吧。

「……好吧。我會全面協助搜查。」

「您如此深明大義真是幫了我大忙。其實我也很在意阿爾斯公子的事。」

「那只是聽覺敏銳的無能天賦。不值得聖法教會注目。」

「倒也並非如此呢。奧夫斯閣下，您知道有一位引起各國領導階層騷動的人物嗎？」

維爾格聳聳肩膀，繼續說道：

「明明沒有人在，『偵查』魔法卻有反應。但是，無論怎麼搜索都不見人影。即使設置了數不清的『陷阱』魔法，對方也會像是嘲弄似地穿越重重陷阱，消失得無影無蹤。明明知道有人在偷聽，感覺得到氣息卻找不到人。」

「……你的意思是那是阿爾斯嗎？不可能。那傢伙從來沒有外出過。」

「但是，根據被尤莉亞公主逃跑的亞斯帝國魔導騎士──雷克閣下的報告，一名自稱是阿爾斯的人使用了魔法。重點是他還『聽覺敏銳』。您不覺得這也太過剛好了嗎？」

「……也許吧。」

「那就繼續剛才的話題吧。據說那個人輕而易舉就竊聽了世界各國的機密情報──祕藏魔法的知識。當然，亞斯帝國的研究機構跟聖法教會也不例外。」

維爾格的身體深深地陷入沙發裡，像是投降般地舉起雙手。

「更重要的是，我們甚至無從得知究竟被竊取了多少知識，也不知道損害擴及到何種範圍。因此，世界各國都戰戰兢兢地擔心著，不知道情報何時會被賣給其他國家，或者遭人利用。」

「太荒謬了。如果魔法知識沒有洩漏給其他國家，沒必要這麼緊張兮兮。」

「其實這就是我說在處理的另一件事，沒想到最有嫌疑的阿爾斯公子已經逃跑了……實在很遺憾。」

維爾格嘆了口氣，再次開口。

「總之，聖法教會想要得到該名人物所收集到的魔法知識。」

「這簡直是無稽之談。沒有什麼比尋找一個不知是否真實存在的人更白費力氣的事了。」

「或許是這樣沒錯──但也不能坐視不管。」

精靈族男性收起了臉上的虛偽笑容。

「您知道世界各國首腦怎麼稱呼這名神祕人物嗎？」

維爾格用一種讓人背脊發涼的冰冷視線看向奧夫斯。

──他被稱為『魔法之神髓』。

＊

當朝陽破曉之際，尤莉亞醒了過來，立刻向阿爾斯低頭賠罪。

「對不起，我睡著了。我明明應該要守夜的。」

她撫平凌亂的側髮，以一種掩飾內心羞澀的動作連連道歉。

不愧是公主，即使是剛起床，一舉手一投足還是充滿氣質。

「妳鐵定是累壞了吧。不用在意啦。我也有小睡片刻。」

「給你添麻煩了……真的很抱歉。」

尤莉亞蜷縮著身子，看起來滿懷歉意。

阿爾斯苦笑著拍了拍她的肩膀，示意她無須掛懷。

「總之我們出發吧。目的地好像就在眼前了。」

日出後他才注意到，魔法都市已經近在目視範圍內了。

看著阿爾斯所指的前方，尤莉亞驚訝地睜大了眼睛。

「那就是……」

「這是妳第一次看到嗎？」

「對，我不被允許出國，所以從這個意義上來說，無論去到哪裡都是頭一次的經驗……」

她所擁有的是珍貴的稀世天賦【光】。

維爾特王國為了保護她的安全，想必是悉心將她養育在王宮之中吧。

「那就是……巴比倫塔呢。」

「是啊，真期待去到那裡。」

一座巨大的高塔矗立在都市中，高聳入雲。

魔法都市的象徵——只有被選中者才能居住的巴比倫塔。

這座仍在建設中的巴比倫塔，也被稱為通往諸神之塔。

魔導師的夙願就是跟離開地面的諸神接觸，追尋天賦的真理。

正是因為懷抱憧憬，才會不斷擴建這座高塔，彷彿要直達天界。

「走吧。」

「好。」

他們其中一人想成為魔帝，另一個人想復興祖國，兩人各自懷著不同想法向前邁進。

然而，他們直到日落前才抵達了魔法都市。

距離似乎比他們想像的還要遠，魔法都市的大門已經關上了。

「這下該怎麼進去呢……」

「我想應該有守衛，拜託對方的話也許會讓我們進去？」

兩人正在商量時，尤莉亞的話音忽然戛然而止。

順著她的視線看去，只見有一位女性站在魔法都市的城門口。

當尤莉亞向前邁出一步時，這位身分不明的女性猛然衝了過來。

她跑到尤莉亞的身邊，用力地抱住了她。

「姊姊……妳沒事真是太好了！」

「卡蓮，讓妳擔心了。你看起來也過得很好，我很欣慰。」

尤莉亞用雙臂環住她稱之為卡蓮的少女，緊緊擁抱她。

從兩人的對話可以推測出，卡蓮就是在旅途中尤莉亞所說的妹妹吧。

她的紅髮沐浴在逐漸西沉的夕日下，如烈焰般閃耀著火紅光輝。那雙炯炯有神的眼睛是意志堅強的證明，帶著堅定信念的紅色雙眸直直地望向阿爾斯。

「姊姊……這個人是誰？」

「我是阿爾斯。請多指教。」

簡單地進行自我介紹後，卡蓮的臉上流露出顯而易見的困惑。

「呃……這副模樣跟維爾特王國的士兵——」

她從頭到腳仔細地將阿爾斯打量了一番。

不久，她若有所悟地點了點頭。

「嗯，絕對不一樣。」

卡蓮的紅色雙眸染上最高層級的警戒，彷彿在看一名可疑人物。

雖然不知道她在門前等了多久，但既然是一看到姊姊就緊緊抱住的少女，肯定是每天都來這裡等吧。

從她的行動中可以看出，她深愛家人——至少對姊姊絕對是如此。

當她見到心愛的姊姊身後有一名衣衫破爛的可疑人物，會心懷提防也可以理解……不過，阿爾斯還是希望她不要用一種殺人的目光盯著自己看。

「卡蓮，不得無禮。當我被亞斯帝國追趕時，是阿爾斯救了我。」

被姊姊訓斥的卡蓮眨了眨眼。

「原來是這樣……對不起，謝謝你救了我姊姊。」

卡蓮坦率地向阿爾斯道歉後，挺直了腰杆。

「重新自我介紹一下。我是維爾特王國的前第二公主卡蓮。雖然因為某些原因不再是王室成員，不過我是魔法協會旗下『維爾特公會』的魔導師。」

她撥開耳邊頭髮的動作比起隨興，更讓人覺得優雅，落落大方的舉止具備著公主的風範。那種磨練出來的氣質和魅力讓人一眼就能看出她是王族出身。

若說尤莉亞是靜，那麼卡蓮就是動。這對姊妹給人一種對比鮮明的印象。

「如果妳不方便回答就算了，我能冒昧詢問妳為何現在不是王室成員嗎？」

「沒關係，這也沒什麼好隱瞞的。雖然不是什麼特別有趣的理由，你還是想知道嗎？」

「如果我說不感興趣，那肯定是在撒謊。」

「很好，你很誠實。既然如此，我就告訴你吧。」

雖然她擺出一副很了不起的態度，但奇妙地很適合她，並不讓人覺得反感。

「你知道維爾特王國從以前就跟亞斯帝國關係不好嗎？」

因為兩國相鄰，長年以來小規模的衝突從未間斷。

儘管如此，雙方的軍力還是有明顯落差，她們的父親——維爾特國王認為長此以往國家會滅亡，於是策劃要獲取魔法協會的魔法知識來增強國力。

「聖法教會不行嗎？那地方在收集白色系天賦吧？如果是尤莉亞的【光】，他們說不定會接納，並將維爾特王國納入保護傘之下。」

「也曾經有過那個方案。我本來打算要去，但父王不允許將稀世天賦交給其他國家。」

尤莉亞回答後，卡蓮聳了聳肩。

「畢竟要是去聖法教會，這輩子就再也見不到面了。而且王室中還是頭一次出現【光】的持有者。考量到姊姊的人身安全，父王也沒有對外公開。」

然而，由於尤莉亞的存在遭到曝光，亞斯帝國為了得到稀世天賦【光】而攻滅了維爾特王國。

「就算是深受信任的重臣，知道姊姊是【光】天賦的也只有少數幾人……真不知道是從哪裡走漏消息的？」

卡蓮嘆息道，然後她似乎察覺自己偏離主題，於是修正了軌道。

「呃，回歸正題，總之因為這樣的原因而不能讓姊姊離開國家，於是我便雀屏中選，被送到魔法協會。」

「哦……竟然會選擇公主，還真是個大膽的國王啊。」

明明不讓尤莉亞去——雖然話到了嘴邊，但阿爾斯後來還是換成一個無傷大雅的說法。

即使是血統天賦【炎】，也跟稀世天賦【光】不同，並非世上絕無僅有。

所以才會讓卡蓮——阿爾斯在心裡過度解讀，但卡蓮不知是否看穿了他的想法，搖頭苦笑。

「別誤會，我並不是被逼的喔？反而還是我自己直接找父王談判，說想要加入魔法協會的。」

「那時候的卡蓮總是讓父王很頭痛呢。」

尤莉亞回憶起當時的事情，微微一笑。

「因為他不答應嘛。不過憑著我的談判技巧，父王終究還是讓步了。」

雖然阿爾斯對於讓一國之王認可的談判技巧頗感興趣，但再度離題的話也很困擾，所以他打算留到下次再問。

「不過，我聽說魔法協會不允許國家干涉，他國的公主能夠加入嗎？」

「魔法協會——二十四理事是個性情古怪的團體，擁有莫名的堅持，是一群麻煩的傢伙。明明心裡覺得無所謂，但還是會遵守自古以來的規定。」

卡蓮一臉無奈地嘆了口氣。

「所以，只要表面功夫做到位就行了。」

「哦……所以妳才會放棄王位繼承權嗎？」

「就是這麼回事。我宣佈放棄王位繼承權，就這麼投身於魔法都市。但就在一切剛要步入正軌時——」

卡蓮話說到一半就停住了，抱住了她的姊姊。

或許是因為久別重逢而情緒激動的緣故，她的感情中夾雜著對於自己無能為力的悔恨與失去祖國的悲傷。

如此強烈的心情，似乎讓她的擁抱蘊含著極大的力量。

尤莉亞的臉上露出微微有些痛苦的神色。

「姊姊，對不起。都是因為我力有未逮，來不及幫上忙。」

尤莉亞溫柔一笑，撫摸著卡蓮的後背。

「沒有那回事。妳一直都是我的支柱。」

柔和的春風在她們身旁繞了一圈，然後依依不捨地離去。

過了一會兒，卡蓮吸吸鼻子，跟尤莉亞分開。

她的臉上已經洋溢著笑容。

「好，既然理由也說完了，我們進城吧。」

卡蓮帶領他們走到正門旁邊的小門。

不過，因為她轉身停下腳步，一行人沒能踏入門內。

「對了，你們兩個都是第一次來魔法都市吧。那得先接受洗禮呢。」

「洗禮？」

「沒錯，洗禮。其實要是能在正門開啟時這麼做就好了。」

卡蓮在雄偉莊嚴的巨大城門前張開雙臂。

她神情認真，氣勢凌厲，整個人氣氛陡然一變，莊重而嚴肅。

或許是因為巴比倫塔就在背後，她散發著一種奇妙的壓迫感，以及讓人想低頭俯首的威壓感。

「無名的魔導師啊。揭露世界的知識，累積你的智慧吧。如此，諸神便會向你伸出手來。」

她的神情已經充滿了魔導師的風格——

「歡迎來到『通往諸神之地（Walhalla）』。」

那是一個彷彿窺探著魔法深淵的微笑。

「真不愧是魔法都市呢。普魯托內城根本無法相比。」

僅僅踏出一步越過城門後，映入眼簾的是令人嘆為觀止的景象。

街道上人潮如流，路邊擺滿了攤販，店主們拉開嗓門拉攏客人。

「好厲害啊。不只是人數——還有許多各式各樣的人種。」

魔法都市——這裡是魔法協會的首都，也是全世界天賦的聚集地。世界的中心。

在普魯托內城裡，除了高塔以外沒有三層樓以上的建築。

但是，魔法都市裡有許多五層樓以上的建築比鄰而建。

作為其象徵的巴比倫塔高達八十層樓以上——令人驚訝的是聽說目前還在建造中——雖然跟這座塔比起來相形失色，但頭一次造訪的魔法都市還是讓人感到趣味無窮。

「畢竟這裡被稱為全世界最大的都市嘛。我第一次來的時候也大開眼界。精靈或黑暗精靈在這裡也很常見。」

或許是看到驚訝的兩人讓她回憶起過去，卡蓮也懷念地瞇起眼睛。

然後她忽然想起某件事，拍了拍走在身旁的尤莉亞的肩膀。

「對了，姊姊、姊姊。聽說父王也跟舊臣們一起成功逃到其他國家了。」

「是嗎……那真是太好了。」

尤莉亞的臉上閃過一絲陰影。喜悅當中夾雜著些許悲傷。

不過，她馬上若無其事地笑著掩飾了表情。

「比起那個，我更想聽聽卡蓮的事。妳晉階還順利嗎？」

「我前幾天晉升到第四位階的『座位(Ophanim)』了喔。還差兩階就能升到有權挑戰魔王的第二位階。」

「好厲害啊！不愧是卡蓮！」

魔法協會裡存在著被稱為『位階』的級別，一共分為十二位階。

如果達到第二位階『熾位(Seraphim)』，就有權挑戰支配第一位階『絕位(Lucifer)』的魔王們。

想成為魔王並不需要身分地位。只要對魔法協會有所貢獻，展現出自己的實力就行了。

被譽為魔王之中最強魔王的舒拉哈特就是平民出身。

由於大多數的平民生來都是無能天賦，所以他是當前世界上出身極為罕見的魔王。

「我記得現在的魔王們被認為是歷代最強吧？」

「對啊，所以很有挑戰的價值。」

一旦敗給挑戰者，就不再是魔王了。這表示目前的魔王們是沒有敗績的。

由於有實力高強的十二位魔王統治，魔法協會保持著巨大的影響力。

（魔王應該不用擔心……不過據我所知，二十四理事當中有好幾個人都跟其他國家有所勾結。）

二十四理事的所有人都是第二位階『熾位』。

由無法成為魔王的人們，以及從魔王寶座上被拉下來的人們所構成。

凡是有權力的地方，人們往往會聚集起來，成群結黨。

尤其是地位不上不下的話將更加顯著，在其內心深處會抱持陰暗心理。

「我們到了。」

卡蓮的聲音讓阿爾斯從沉思中回過神來。

看來是在他思索之際抵達了目的地。

「這就是我們公會的總部喔。」

「我們的嗎……？」

尤莉亞歪著頭。從這個動作來看，她似乎是頭一次聽說。

「咦？我沒跟姊姊說過嗎？」

「最後一次寫信聯絡時，妳只說正在存錢……」

「是喔~原來姊姊不知道……早知道就晚點再說，給妳個驚喜。」

卡蓮遺憾地仰天嘆息，尤莉亞眉眼含笑，嘴角綻開笑容。

「呵呵，很遺憾。所以妳後來順利買到了呢。」

「嗯，是大家一起合作買下公會總部的喔！」

「那真是太好了。恭喜妳。」

「而且這裡並非只是一個據點。我的公會還經營著酒館。」

「啊……酒館嗎？欸，卡蓮經營酒館？我不記得妳會喝酒啊？」

「哎呀，姊姊真的不諳世事呢……即使不會喝酒，也能經營酒館啦。」

「是這樣嗎……我還以為一定要幫客人倒酒，陪他們喝酒聊天呢。」

「姊姊，那是不同類型的店。我們這裡只提供餐點跟酒類。哦，雖然偶爾也會有搞不清楚狀況的笨蛋來，但我們都會客氣地請這種人離開。」

不知道她所謂的客氣是不是真的。因為只有在說這句話時，阿爾斯感受到了殺氣，估計她是用自己的手段讓麻煩的客人離開店裡吧。

「不過，真讓人意外。沒想到卡蓮會經營這樣的店……」

「維持公會運作需要花錢。所以我才會決定經營酒館。」

雖然隸屬於魔法協會，但這不代表可以從協會那邊得到資金。

無論是維持公會，還是生活開銷，都必須靠自己賺錢。

「是嗎？那我也得努力幫忙。」

「嗯嗯，精神可嘉！總有一天我會請姊姊幫忙的。不過，姊姊必須先熟悉魔法都市才行呢。」

阿爾斯一邊聽著這對感情融洽的姊妹交談，一邊再次眺望這間店鋪。

懸掛著〈燈火姊妹〉招牌的酒館。

雖然從公會名稱就多少能夠預料到，不過似乎是完全不打算隱瞞跟維爾特王國的關聯。

「〈燈火姊妹〉嗎？我覺得這店名還不錯。」

「對吧？這是我跟姊姊的店喔！」

這裡不是公會總部嗎？阿爾斯雖想吐槽，但他硬生生將這句話吞了回去。

「好了，你們兩個別呆呆站著，快點進來吧！」

卡蓮動作熟稔地打開門，兩人跟在她後面走進店裡。也不知道今天是不是公休日，店裡只有幾個店員，不見任何客人的身影，並沒有酒館的氣氛。

阿爾斯將視線投向店內深處時，從暗處走出一名女性，店內的燈光照亮了她的身影。

她跟其他店員一樣，穿著長裙和與綴有可愛褶邊的女僕裝。或許是因為藍髮藍眸的緣故，給人的感覺是一個散發著冷淡氣息的美麗女性。

她的肌膚猶如陶瓷娃娃般白皙，與她的容貌相輔相成，簡直就像宗教畫中描繪的女神。不過，浮現在雪白肌膚上的靜脈證明了她是人類，每一個動作都在宣示她是有生命的存在。儘管如此，她還是給人一種不可思議的印象，彷彿遊走於現實與幻想之間。

「卡蓮大人，歡迎回來。」

她用淡漠的語氣說完後，向尤莉亞深深地低下了頭。

「尤莉亞殿下，您平安無事真是萬幸。」

「艾莎，好久不見了！」

「是的，已經兩年又三個月了……這位是？」

「我是阿爾斯。因緣際會下跟尤莉亞一起來到了魔法都市。請多指教。」

聽到他直呼尤莉亞的名字，艾莎秀麗的眉毛產生了反應。

僅僅這點變化，無法用來判讀感情的微妙變化。

「…………原來如此。我是艾莎。」

雖然不知道她理解了什麼，不過雙方簡短的自我介紹就這麼結束了。

阿爾斯和艾莎目不轉睛地凝視著彼此。

不過，視線之間並無半分柔情蜜意。

眼看著氣氛開始變得詭異，尤莉亞出聲打破了僵局。

「艾莎，是阿爾斯救了我。」

艾莎明明什麼都沒問，尤莉亞就欣喜地報告道。艾莎不發一語，只是側耳傾聽，並默默地點了好幾次頭。看著她們兩人，與其說是主從，倒不如說是跟老朋友久別重逢的氣氛。

「艾莎原本是姊姊的侍女。」

卡蓮不知何時走到了阿爾斯身旁，這麼告訴他。

「原來如此。難怪她們感覺那麼親近，感情似乎很好。」

「因為艾莎非常仰慕姊姊。但是，姊姊知道我要來魔法都市之後很擔心，於是派艾莎陪我一起來。她現在是公會運作中不可或缺的存在呢。」

「……看起來的確不像是普通的侍女。」

一舉手一投足都毫無多餘的動作。即便她正在跟尤莉亞交談，全身上下也毫無破綻。

哪怕在這一瞬間遭到襲擊，以她那老練的模樣，想必也能馬上應對。

「從煮飯洗衣、管理公會到經營酒館，她都堪稱完美喔。」

那妳都在做什麼？雖然阿爾斯想這麼問，但他忍住了。

「這樣啊……店員也有好幾人，不對，是保鏢嗎？」

即使是外行人，也能看出店員儘管身手不如艾莎，但也個個訓練有素。

如果對上阿爾斯遇到的魔導騎士，感覺他們可以輕易取勝。

「他們不是普通的店員，也不是保鏢。他們叫做舒勒。」

「舒勒？」

「公會長被稱為※『萊勒（Lehrer）』，成員則是『舒勒（Schüler）』。」（譯註：在德語中分別是老師與學生的意思。）

「所以你們是用公會在打理店舖嗎？」

「除了少數的例外，魔法都市的公會幾乎都是這樣。所以就像是家族一樣。反而是魔王因為會分配到領地，過著有如國王一樣的生活。」

和卡蓮聊到一半時，尤莉亞他們似乎結束了對話，跟艾莎一起走近。

「謝謝您救了尤莉亞殿下。」

艾莎態度恭謹地低頭道謝，然後抬起頭來。

「雖然稱不上什麼謝禮，但我會準備餐點，希望您願意品嚐。」

「那還真是求之不得。我很期待。」

雖然沒有根據，但阿爾斯確信艾莎能夠做出美味的料理。

「那麼，請您稍候片刻。」

艾莎輕輕點頭後，消失在酒館後方的暗處。

「請坐。」

一名女性舒勒為他搬來一張椅子。

「啊，謝謝妳。」

「請慢用。」

她微微低頭致意，拿起掃帚，走向通往二樓的樓梯。

阿爾斯目送那道背影，然後在她準備好的椅子上坐下。

「啊，請等一下！艾莎，我也來幫忙！」

「如果姊姊要幫忙的話，我也久違地大展身手吧。」

尤莉亞和卡蓮追著艾莎消失在店後方。

不過，兩人很快就垂頭喪氣地走了回來。

「她責備我說要好好招呼客人。」

「她說我去只會幫倒忙耶。不覺得太失禮了嗎？」

「呵呵，卡蓮還是老樣子呢。」

「我也有進步好嗎？我已經學會怎麼洗菜了。」

不愧是姊妹，廚藝似乎也半斤八兩。

真是多謝艾莎將她們趕出了廚房。

在等待餐點的時候，因為光是等著也很閒，三人自然而然地就聊了天來，卡蓮對阿爾斯提出了疑問。

「話說回來，阿爾斯的天賦是什麼？」

「是【聽覺】。」

不知為何是尤莉亞搶著回答，而且她還驕傲地挺起胸膛。

阿爾斯向她苦笑了一下，補充道：

「只是聽力好的天賦而已。」

「【聽覺】？只是聽力好而已……？」

聽到只是聽力優異的天賦，也難怪卡蓮會感到困惑。

「呃，雖然偶爾的確會有奇怪的天賦，不過【聽覺】真的前所未聞耶……聽力優於常人……那是可以使用魔法的類型嗎？」

「天賦種類繁多，其中也包含了稀世天賦或血統天賦，所以聽說研究進展緩慢。」

「確實如此，像姊姊的【光】這類稀世天賦好像沒有研究進展。」

「所以我覺得【聽覺】能掌握魔法也不奇怪。我親眼看到他使用了魔法，這一點毋庸置疑。」

「好吧……也是有道理……不過【聽覺】啊，還真是奇怪的天賦呢。」

卡蓮感觸良多地連點好幾下頭，再次將視線轉向阿爾斯。

「比一般人聽得更清楚的話，應該很辛苦吧？」

「倒也沒有那麼辛苦啦……」

在童年時期，他確實因為【聽覺】傳來雜七雜八的聲音而感到厭倦。不過，可能是因為他遭到幽禁，限縮了周圍的聲音環境，所以只感到有些吵雜而已。關於這一點或許應該感謝他那個父親。

「我原本覺得那是個糟糕透頂的環境，但現在回過頭來看，也許是最適合我的環境。」

他說完後，才發覺自己根本沒回答到卡蓮的問題。

不過，她似乎並不在意，那雙紅眸裡洋溢著柔和的光芒。

「嗯……雖然我不是很瞭解，不過你也別太放在心上。」

「沒錯。現在就讓我們一起期待艾莎的料理完成吧。」

尤莉亞雙手一拍做出結論，將沉鬱的氣氛一掃而空。

「對啊，艾莎做的料理很好吃喔。敬請期待。」

從剛才的交流也可以看出，姊妹倆都很善良，擁有替他人著想的心。本來以為她們是動靜分明的兩個人，但不愧是親姊妹，果然還是很相像。

「讓各位久等了。」

說著，艾莎雙手拿著大盤子出現了。

擺在桌上的所有菜餚都看起來讓人垂涎欲滴。

切成一口大小的串燒牛肉、金黃色的燉蔬菜湯、裹麵粉油炸的雞肉、用薄皮包覆食材的捲餅，以及其他好幾道從未見過的料理。

「不好意思，這些都是酒館的菜色，但味道應該不錯。」

「不會，每一道都看起來很美味，我很期待它們的味道。」

與幽禁時的伙食或尤莉亞的料理相比，簡直是天壤之別。

「我可以吃嗎？」

「當然，請用。」

得到艾莎的許可後，阿爾斯高興地把手伸向肉類。

他把串燒牛肉送入口中，肉汁隨即溢出。燒烤的火候絕妙，口感也十足，讓人食指大動，但就是味道有點淡。

這大概是因為阿爾斯跟尤莉亞一路奔波逃亡到魔法都市，所以艾莎在調味時考量到他們的身體吧。雖然阿爾斯比較喜歡重一點的口味，但他如果不表示感謝，還挑剔這種雞毛蒜皮的小事來糟蹋艾莎的好意，那絕非值得讚揚之舉。

所以，他覺得將飯吃得乾乾淨淨才算是有禮貌。

「尤莉亞，妳的嘴邊沾著飯粒。」

「咦，在哪裡？」

「在這裡。」

正當尤莉亞遲疑是左右哪一邊時，看不下去的阿爾斯把她嘴邊的飯粒拿掉，扔進了自己的嘴裡。

「呃──欸、欸──!?」

「哇……真厲害。好～大～膽～喔～！」

尤莉亞滿臉通紅，卡蓮則興高采烈地起鬨。

「嗯？妳想自己吃嗎？」

「不、不是那樣的！」

「尤莉亞大人，請冷靜下來。阿爾斯先生也不要介意，請繼續用餐。還有卡蓮大人，請您立刻閉上嘴巴專心吃飯。」

「欸，艾莎……妳是不是只對我比較嚴厲？」

「那是您的錯覺。」

「是嗎？如果是這樣就好……」

雖然臉上浮現無法釋懷的表情，但卡蓮還是重新開始用餐。

阿爾斯沒有加入她們三人的對話，只是心無旁騖地享用著食物。

看到阿爾斯狼吞虎嚥的模樣，尤莉亞似乎恢復了鎮定，眉眼間染上笑意。

「艾莎煮菜向來很好吃，所以我認為一定可以讓你滿意。」

「所以我們的酒館才很受歡迎啊。既好吃又便宜，而且美女如雲。」

正如卡蓮所說，每道菜的味道都遠比想像中的還要美味。

接下來一段時間大家默默地用餐，當注意力開始渙散時，卡蓮開口道：

「我們公會明天要去『失落大地』……姊姊，你們要去嗎？」

「我想去看看，阿爾斯你呢？」

「我也很感興趣。如果不嫌麻煩的話，請讓我一同前往。」

大陸北部——俗稱『失落大地』的這片土地，一千年前還是人類居住的區域，也是魔帝統治的土地。

據說魔帝被諸神殺害，導致秩序分崩離析，並因繼位者之爭而引發一連串大大小小的戰爭。最終，屍體中流出的怨念和執念讓詛咒紮根於大地，從諸神和魔帝的戰場遺跡中累積的魔力開始孕育出強大的魔物，在那之後這片土地就再也不適合人類居住。

人們稱這樣一個悽慘的時代為『黑暗時代』。

『失落大地』上原本有魔法協會總本山的第一代巴比倫塔，但被捲入諸神和魔帝的戰爭中而遭到破壞，許多魔導具和魔法知識也隨之流失。

如今，進入大陸北部收集失傳的魔法書等知識，成為魔法協會旗下魔導師們的工作。

「但這裡離『失落大地』還有很遠的距離吧。要用步行的嗎？」

「用走的肯定行不通啦，所以要用設置在巴比倫塔的傳送門。」

卡蓮回答了他的疑問。

「亞人國家聯盟中有一個由龍統治的國家叫『修萊亞』，就位於『失落大地』的入口處，而巴比倫塔的傳送門與之相連。我們會在那邊採購欠缺的物資，所以不用帶太多行李，就算忘記帶東西也能輕鬆回來，不過……」

卡蓮說到最後支支吾吾，用叉子的尖端戳著雞肉，嘆了口氣。

「並非只有特定的國家才能進入『失落大地』，所以周邊國家為了得到珍貴的魔導具和資源也會派出軍隊，這一點非常麻煩。」

「他們之間想必會發生戰爭吧。」

「是啊。不僅是亞斯帝國，也有其他國家會佔領『失落大地』的部分土地並主張主權。跟其他公會也會發生衝突，也有盜賊會把廢墟當成據點。所以在『失落大地』中，爭奪魔法知識是家常便飯。」

「真是個殘酷的地方啊……」

睜大眼睛聽著的尤莉亞或許是感到緊張，嚥了一口口水。

「所以跟其他國家的友好關係，以及公會之間的合作非常重要。我們公會也有跟幾個公會結盟，以免讓其他勢力覺得我們好欺負。這是為了讓人認為找我們麻煩的話，就會惹禍上身。」

「即使其他公會沒問題，但周邊國家當中我們得小心亞斯帝國呢。」

尤莉亞想起被盯上的事，神情凝重地低下了頭。

「小心點當然最好，不過如果不靠近帝國主張所有權的地區，我覺得應該不會遇到他們。因為大陸北部的『失落大地』比大陸南部還要廣闊，不會那麼容易就狹路相逢。」

為了讓尤莉亞安心，卡蓮微笑著說道。

「總之不去一趟看看不會知道。如果到時候發生問題，臨機應變就行了。尤莉亞大人無須擔心。艾莎會隨侍在您左右。」

至今為止一直安靜地用餐的艾莎插話了。

艾莎那不帶感情的語氣和淡漠的態度，在不認識她的人眼裡顯得冰冷無情。

不過，對於有多年交情的她們來說，似乎並非如此。

「姊姊～艾莎好像不願意保護我。嗚嗚嗚，我發生什麼事她都不在乎嗎？」

卡蓮做出悲傷的表情，把臉埋在坐在身旁的尤莉亞肩膀上。

只有從阿爾斯所在的角度，才能看到她嘴邊露出的可疑賊笑。

因此個性純真的尤莉亞似乎被騙了，她一邊撫摸著卡蓮的頭，一邊困惑地將視線投向艾莎。

「我當然也會保護卡蓮大人——不過，我希望您在學會假哭之前，先學會怎麼在洗碗時不要打破任何盤子。」

「嗚咕。」

不但假哭被抓包，還遭到嚴詞反擊，自找麻煩的卡蓮一臉苦悶地按住胸口。

「好了，玩鬧就到此為止，時間也不早了。各位差不多該休息了吧？」

聽到艾莎這麼說，大家看了一眼時鐘，已經到了夜幕降臨的時間。

「也對，今天就到此為止吧。只要去了龍之城，自然就會明白了。當你們看到從未見過的世界時，肯定會眼前一亮的。」

卡蓮語氣歡快地說道。

或許是很期待跟姊姊一起冒險，她的言語中處處流露著喜悅。

「那麼就期待明天的行程，今天好好休息吧。」

尤莉亞也微笑著點了點頭，從座位上站了起來。

「龍之國度嗎……因為是頭一次去，我好期待啊。」

在他被幽禁時，曾透過【聽覺】得到了那個國家的情報。

那是一個由最古老之龍治理的國家，人們在其統治下享受著繁榮的生活。

那裡是他得到自由後想要造訪的地點之一。

「我要先收拾碗盤再休息，能請卡蓮大人幫忙帶阿爾斯先生去客房嗎？」

「啊，我們也來幫忙吧。四個人一起的話用不了多久吧？」

「不，我不想再失去更多盤子了，等您有所成長之後再說吧。而且尤莉亞大人和阿爾斯先生今天辛苦了一整天，為了明天還是早點休息比較好。」

面對不容分說的拒絕，卡蓮嘟起可愛的嘴，表達出不滿。

不過，她覺得就算反駁也說不贏對方，於是垂下了肩膀。

「既然艾莎堅持的話……剩下的就交給妳了。」

「好的，包在我身上。」

卡蓮在得到結論後轉過身來，穿過尤莉亞和阿爾斯中間朝樓梯走去。

「我帶你們去二樓的客房吧。順便問一下，姊姊跟阿爾斯分開睡可以嗎？」

「當、當然啊！呃，不，不是，我並不是討厭阿爾斯！」

「哦、哦？」

不明白她在慌張些什麼的阿爾斯歪著頭，尤莉亞感覺就像自掘墳墓一樣，眼裡泛出淚光。

「維爾特王國有一句格言，男女七歲不同席！所以說我覺得房間還是分開比較好，但是就算同房我也不在意！」

「哎呀～姊姊著急起來也很可愛呢。」

「真是的！都是因為卡蓮妳說了奇怪的話！」

「好了好了，姊姊，冷靜下來，阿爾斯也不要在意喔。」

「嗯，雖然不太清楚是怎麼回事……不過我不會在意的。」

「那我重新向你們介紹一下，二樓是客房和一般舒勒們的居住區。三樓則是包括艾莎在內的幹部級舒勒們住的房間。另外還有浴室——這部分我之後再說明。這樣感覺比較有趣。」

卡蓮一邊說明，一邊走上通往二樓的樓梯。

雖然她途中奇怪的發言令人在意，不過有浴室這一點讓阿爾斯深感興趣。因為以前被幽禁時，每天只會收到裝了水的木桶跟毛巾，讓他定期擦拭身體。

「我很期待。話說回來，我跟尤莉亞不同，並不打算加入公會，勞煩你們照顧沒問題嗎？」

「你可是姊姊的恩人呢。想留在這裡多久都沒關係。」

「我也不打算麻煩你們太久。我怕欠太多人情，後果會不堪設想。」

「哎呀，不用擔心喔。如果你好好報答我的話，我就沒意見了。」

走在二樓走廊的卡蓮似乎抵達了客房前方，轉過身來。

雖然從表情看不出她是在開玩笑還是認真的，但那個笑容就像是在告訴他沒必要客氣。

「這裡是你的房間。每天都會打掃，所以很乾淨。你可以隨意使用。」

分配到的這間客房雖然不大，但跟被幽禁的地方相比卻是天壤之別。

首先，沒有霉味。空氣中也沒有滿是灰塵，看來每天打掃並非謊言。

既無老鼠跑來跑去，亦不用擔心漏水，想必也不會出現噁心的害蟲。

傢俱並不多。只有一張桌子、一張椅子，以及鋪著羽絨被的床鋪。

雖然只有最基本的設備，但確實是為了招待客人而妥善整理好的房間。

「如果有什麼不夠或想要的東西，就跟艾莎說一聲吧。」

「不，十分足夠了。謝謝妳的好意。」

「不用客氣。好了，姊姊，我們先去洗澡吧。」

卡蓮將鼻子湊近尤莉亞聞了聞，就抓住她的手臂拖著她走。

「總覺得有種像是淋溼的狗味，讓我一直很在意。是跟動物關在一起嗎？聞起來稍微有點——不對，是味道很重。話雖如此，還是有點淡淡的好聞，不愧是姊姊……真讓人羨慕。」

她所說的味道，應該是出自兩人來魔法都市的途中討伐的地獄獵犬吧。

因為是利用屍體來擋風取暖，所以全身上下沾滿血與野獸的臭味也是理所當然的事情。

「卡蓮！不要在阿爾斯面前說這種事！等等，妳別拖著我走啦。」

「阿爾斯，雖然你好像一副事不關己的樣子，可是你身上味道也很重喔。待會兒我會來叫你，所以你先別睡，等著洗澡。」

面對僅一瞬間回頭的卡蓮，阿爾斯默默地點頭，以免惹禍上身。

阿爾斯目送她們相親相愛地走向一樓後，舉起自己的手臂靠近鼻子一聞，皺起眉頭。之後他進入分配到的房間，環顧了一下室內，最後看向床鋪。

「嗯……還是洗完澡再睡吧。」

純白的床單上鋪著塞滿羽絨的被子。

看起來蓬鬆柔軟，感覺很舒服。鑽進被窩裡就能享受到幸福的時光吧。

但是，連澡都沒洗就鑽進去的話肯定會弄髒。阿爾斯覺得這麼做會對提供這個住處的卡蓮他們很失禮，於是決定坐在椅子上。

「雖然遇到很多事情……但跟待在那個狹窄的世界時相比，度過了充實的時光呢。」

雖然結果跟預想的大相逕庭，但他順利地抵達了魔法都市。

明天就要去龍之國度，前往他夢寐以求的大陸北部。

「還有就是想要得到『魔法之神髓』的情報，不過……」

他對於魔法都市這地方還毫不熟悉。不可能輕易地就能收集到情報。

「著急也無濟於事。我就暫時先享受一下冒險吧。」

一切都尚未開始。

不管是失落大地還是龍之城市，這世上還有其他許許多多的地方。

環繞在外圍的周邊國家，也充滿了自己所不知道的事物。

「阿爾斯～你還醒著嗎？」

伴隨著開朗的嗓音，房門被人毫不猶豫地敲了好幾下。

一打開門，頭髮溼漉漉的卡蓮就站在走廊上。

「哦，是卡蓮啊。有事嗎？」

「你已經忘了嗎？剛才分開前，我有說過會來叫你吧？」

「啊！洗澡嗎？我期待很久了。」

「你沒洗過澡嗎？」

「我被幽禁的時候，都是用水沾溼毛巾來擦拭身體的。我只聽說過洗澡的事情，沒有實際經驗。」

「是嗎……那你有可能會頭暈，所以注意不要泡澡泡太久喔。」

紅色雙眸一瞬間掠過一抹擔憂，但卡蓮還是將一個單手可拿的木桶遞給他。往裡頭一看，桶裡裝著毛巾以及幾個奇怪的瓶子。

「這是什麼？」

「是清潔劑喔。先用紫色瓶子洗頭，然後再用白色瓶子。洗身體時用藍色瓶子，洗完澡後把這個紅色瓶子裡的液體——香精塗在身上就會很好聞。」

「哦～……這就是清潔劑啊。」

雖然被幽禁的阿爾斯沒用過，但曾耳聞有這種東西。他很好奇會有什麼樣的香味，便將鼻子湊近卡蓮的頭髮聞了聞。

「哇，你太大膽了吧？雖然聽姊姊說了，但你距離感真的很近耶！」

「嗯？」

「唉～……原來如此。不知道該說你是不諳世事還是怎樣，難怪姊姊會有那種反應。」

卡蓮雙頰染上紅暈，但還是溫柔地露出微笑。

「算了，我就原諒你吧。所以你喜歡這個味道嗎？」

她撩起一撮側邊頭髮，讓阿爾斯更容易聞到。

「嗯。總覺得是一種讓人安心的味道。」

「那太好了。等頭髮乾了，香味會更明顯。」

清潔劑誕生於約一百年前，而發現原料並研發出清潔劑的是位於魔法協會東部的索雷伊女王國。

索雷伊女王國對製造方法保密到家，包括清潔劑在內的各類化妝品被該國壟斷了市場。其

他國家也試圖跟進，但似乎無法製造出品質堪比索雷伊女王國的清潔劑。根據阿爾斯用【聽覺】得到的情報，因為需要一些魔力跟奇異的材料，所以當然沒那麼容易模仿。

對阿爾斯而言，卡蓮她們有提供自己房間的恩情。

如果去『失落大地』能找到材料，他可以教她們清潔劑的製造方法。

「那我帶你去浴室吧。」

「好，麻煩妳了。」

阿爾斯想起一件在意的事情，從背後朝走在前面的卡蓮問道：

「話說回來，尤莉亞怎麼了？我還以為她會來呢……」

「啊～……姊姊啊。姊姊的話，呃，我讓她先回房間了。」

雖然她回答得含糊不清，但阿爾斯並沒有特別在意。

「這樣啊。不過看著妳們兩個，真的能感覺到姊妹情深呢。」

「那是當然的囉。她是我引以為傲的姊姊。而我是姊姊引以為傲的妹妹。」

浴室似乎位於地下室，來到一樓後，他們從廚房附近的樓梯再往下走。

「這個入口的對面就是更衣室。」

卡蓮在走廊中央停住腳步，指向一扇拉門。

「下次一起洗吧。我幫妳刷背。」

阿爾斯曾聽說在帝國的公共浴場，感情好的人會一起入浴。

然而，他並沒有注意到浴場男女有別。

「呃……啊～這真的是……成為當事人就會切身感受到有多麻煩。」

卡蓮被突然其來的邀請弄得滿臉通紅，不知所措。

阿爾斯對她露出微笑。

「我們已經跟朋友沒兩樣了。妳不用跟我客氣。」

他爽朗的笑容讓人感覺不到任何別有用心。面對那純潔無垢的好意，卡蓮不由得點了點頭。

「也、也對。既然是朋友的話，那也是當然的嗎？雖然我不太清楚，但到時候就麻煩你了。」

「我很期待。」

「那、那我就先告辭了。明天我們一起加油吧。」

「好，晚安。」

阿爾斯目送卡蓮離去後，打開拉門走進裡面。

更衣室裡有一個可供少數人使用的櫃子，更內側還有另一扇拉門。

阿爾斯將脫下的衣服塞進櫃子，一隻手拿著卡蓮給他的木桶，打開了拉門。

「唔，這就是蒸氣嗎……」

當他用手拂去纏在臉上的熱氣後——

「嗯，有人在呢。」

出現在阿爾斯面前的是一名目瞪口呆的裸體美女。

「為什麼……阿爾斯會在這裡？」

尤莉亞披著一頭溼漉漉的銀髮，瞪大眼睛站在那裡。

或許是剛從浴缸裡起身，她鍛鍊得恰到好處的身體冒著白色的蒸氣，與其彷彿受到諸神精雕細琢的天國之美相結合，創造出夢幻般的景象。

水珠從貼在臉頰的側髮流淌而下，毫無抵抗地滑過嬌嫩的肌膚，從脖頸一路滑到鎖骨處，最後被吸入豐滿的雙峰陰影中消失不見。

她立刻用雙手遮住自己的身體。

儘管如此，能遮掩的部分也有限，那個動作反而更營造出妖豔的氣氛。

「那個，我說……你有在聽嗎？你怎麼會在這裡？」

尤莉亞連脖子都變得通紅，與之相對的阿爾斯則落落大方地站著。

「嗯？因為我聽說浴室是空的。」

「是、是嗎……」

尤莉亞露出尷尬的笑容，說不出話來。

「所以您沒有什麼要說的嗎？」

藍髮女性——艾莎上前護在尤莉亞前面。

她也用手遮掩著身體，卻無法隱藏住那豐滿的肉體。

「我覺得是鍛鍊得很漂亮的身體。妳們可以有自信一點。」

「謝、謝謝。呃，我很高興？」

「尤莉亞大人，現在不是跟對方道謝的時候。而且我根本就不是在問對於身體的感想。我、我想問的是，您對於這個情況有什麼想法嗎？」

「好大的浴室啊。因為是第一次洗澡，所以我很期待——大概就這樣吧。」

「唔……這傢伙。」

艾莎露出一副有苦難言的表情。

由於從相遇至今艾莎總是一臉淡然無波，甚至讓阿爾斯懷疑她是個面癱，所以看到她能做出這樣的表情，他感到很新鮮。

話雖然此，他還是完全不明白她想問什麼。

他在腦海裡拚命地尋找正確解答，然後找到了一個答案。

他曾聽聞關係親密者有在浴室裡互相洗背的習慣。

據說這麼做可以縮短彼此距離，提升親密度，讓關係更加融洽。

「如果妳們兩個還沒洗好身體，要不要我幫忙？」

「謝、謝謝你的好意，呃……艾莎，不然我們就請他幫忙吧？」

「尤莉亞大人，請冷靜一點。您怎麼會得出這個結論呢？」

艾莎對心慌意亂的尤莉亞嘆氣道，同時以凜然的視線望向阿爾斯。

「…………阿爾斯先生，我們已經洗好了，而且全身上下每一個角落都洗得乾乾淨淨，所以就不勞您費心了。」

「這樣啊，那下次有機會再說吧。」

阿爾斯遺憾地說道，艾莎聞言嘴角抽搐，臉色漲得通紅。

然後，艾莎終於注意到彼此的對話是牛頭不對馬嘴。

「我可以問您一個問題嗎？」

「妳儘管問沒關係。」

「我聽說阿爾斯先生之前遭到幽禁，您有跟女性接觸的機會嗎？」

「除了去世的母親以外，我沒有見過其他女性。這怎麼了嗎？」

「原來如此……我明白了。雖然我很想向您講解男女之間的區別——何謂羞恥心或異性，直到您能理解為止，不過再繼續下去尤莉亞大人會著涼，阿爾斯先生也會感到冷吧。這樣下去，我們三個人都可能會感冒。所以我們改天再討論這個話題吧。」

艾莎語速飛快地說道，但臉上的紅暈完全沒有消散，阿爾斯認為她應該是因為冷才會全身顫抖。彼此光著身子長時間聊天，的確可能會影響到明天的預定。最重要的是，阿爾斯從她身上感受到一股神祕的壓力。

「雖然我摸不太著頭緒……不過我知道了。」

「那就容我們先告辭了。尤莉亞大人，我們走吧。」

「好、好的。阿爾斯，晚安。」

尤莉亞雖然滿臉羞澀，但還是微微低下頭，想從阿爾斯的身邊通過。艾莎則走在尤莉亞身邊掩護她。

「嗯，晚安。下次一起洗吧。到時候一定要讓我幫妳們洗背喔。」

就像對待男性朋友一樣，阿爾斯在她們擦肩而過時想要拍拍艾莎的肩膀，但她以迅雷不及掩耳的速度避開了。

（哦……我果然沒有看錯她的身手。不，她可能比我想像的更厲害。）

阿爾斯不由得感到佩服。然而，他無處可去的手卻不經意滑過她的後背。就在那瞬間，艾莎就像是被推入冰水當中一樣，做出奇怪的跳躍動作。

「呀!?」

艾莎發出了非常可愛的叫聲，腳下一滑，連同尤莉亞一起摔倒在地上。

「…………」

兩人以一種毫無保留的姿勢將全身暴露在阿爾斯的面前。尤莉亞臉上浮現放棄一切的表情，艾莎則用一種猶如死魚的眼神仰望著天花板。

「喂、喂，妳們沒事吧……？」

因為兩個人一動也不動，阿爾斯擔心地靠近問道。

「沒、沒事。」

就在阿爾斯伸出手的途中，艾莎迅速站起身，解救了還在發呆的尤莉亞。

「妳們是不是都撞到頭了？」

「沒什麼大不了的。」

「不，可是……真的很大聲耶？妳看尤莉亞的眼神都不知道在看哪裡。」

尤莉亞依然滿臉通紅，眼神游移，整個人驚慌失措。

「當然要請您負起責任。您有這樣的覺悟吧？」

艾莎似乎已經放棄了遮掩身體的想法，她用力搖晃著胸部，眼神直勾勾地瞪著阿爾斯，朝他探出身子。

「哦、哦……那是當然的。」

阿爾斯被她兇猛的氣勢壓倒，不禁點了點頭。

「好，既然得到您的承諾，那就先『高』辭了。尤莉亞大人，我們走吧。」

艾莎同時伸出右手跟右腳，以一種奇怪的走路方式拉著尤莉亞的手。

「艾莎，我們全身被看光光了。」

「有我在居然還發生這種事，實在很抱歉。不過，他答應會負起責任。」

兩人慌慌張張地離開浴室後，愣在原地的阿爾斯只好把無處可去的手放在後腦勺上苦笑。

「我還以為艾莎是更冷漠的人呢。原來是個很有趣的傢伙啊。」

沒想到她是一個只要洗個澡，就會情緒高漲到人格改變的女性。

阿爾斯發現艾莎竟意外地有這麼孩子氣的一面，忍不住笑了起來。

＊

隨著曙光劃破夜幕，太陽冉冉升起，人們迎來了嶄新的一天。

阿爾斯也不例外，他望向窗外，眼睛盯著一座巨大的高塔。

魔法都市的象徵——巴比倫塔跟太陽重疊在一起。

朝陽如星火般灑落，光芒照耀著這座城鎮。

這絕不可能是自然現象。簡直就像是魔法般的神祕景象。

此乃魔法都市的日常風景，只有外來者才會對每天發生的現象感到驚訝。

「這就是傳聞中的晨曦流星嗎……難怪會有其他國家的人特地前來觀看。」

這應該是施展在巴比倫塔上的『結界』魔法反射陽光而引起的現象吧。

或者，也有可能是喜歡惡作劇的魔導師所動的手腳。

由於對人體並無不良影響，所以也不到需要深究的地步。

「阿爾斯，你起床了嗎？」

阿爾斯聽到敲門聲後回頭一看，躍入他眼簾的是卡蓮的身影。

她一身輕便的裝備，上半身套著皮甲，下半身穿著及膝裙，肩上披著斗篷。

「是啊，早安。」

「哈囉，早安啊～你準備好了嗎？」

「我本來除了換衣服之外就沒別的事了。隨時都可以出發。」

「那我們下樓吧。大家都已經集合了。」

「尤莉亞呢了？她還在睡嗎？」

「因為姊姊在看晨曦流星，我就把她留在房裡了。我有提醒她別看太久，所以她現在應該跟艾莎一起在一樓吧？」

跟卡蓮一起下樓時，現場已經聚集了十多個舒勒。

其中也有尤莉亞和艾莎的身影。不知道是在自我介紹，還是原本就認識，尤莉亞的身邊圍著一大群人。

「雖然不是全體成員，不過這次遠征要一起去的只有這些人。」

「還有更多成員嗎？」

「這是祕密喔。倒不是我懷疑阿爾斯，但公會的規模就等於是戰鬥力，要是情報洩漏出去的話就麻煩了。所以，從平時就得注意不要說漏嘴。」

為了不讓他感到不快，卡蓮小心翼翼地仔細解釋，不過因為他完全能理解箇中緣由，自然不會覺得有隔閡。

「那是當然的。甚至還有公會戰爭這種詞嘛。」

「沒錯。如果被高階公會發動戰爭的話就糟透了。我見過許多公會都因此而被擊潰。不過，決定勝負的不是魔導師的數量，而是其實力水準。所以比起公會的人數，更重要的是不能讓對手知道自己公會裡有什麼樣的魔導師。」

公會有分階級序列，根據對魔法協會的貢獻度來排名。

經過排名的公會可以從魔法協會獲得各種好處。

包含發布特殊委託、提供魔導具、閱覽魔法書、租借土地等。

排行榜上名列前茅的是魔王們的公會，獨佔了個位數的名次，位居其後的則是營運魔法協會的二十四理事們的公會。

「無論是想要躋身前列，還是維持名次，增強戰力都是不可或缺的條件。但全力吸收其他公會感覺比挖角魔導師更快，公會之間是怎麼相安無事的？」

今後的『維爾特公會』很有可能被其他公會盯上。

因為任憑誰都垂涎欲滴、持有稀世天賦【光】的尤莉亞加入了。

「雖然可以單方面申請對戰，但只要我們不接受就行了。儘管有很多漏洞能鑽，但我可不會輸給那種使用卑鄙手段的傢伙。膽敢對我們公會出手的話，不管是誰我都不會放過，僅此而已。」

卡蓮的回答充滿了自信，絲毫沒有膽怯的模樣。

「這樣啊……那應該沒問題吧。」

「阿爾斯，早安！」

尤莉亞似乎是跟舒勒們聊完了，朝他跑了過來。

「早安。妳好像完全擺脫昨天的疲勞了呢。」

「是啊，疲勞已經一掃而空了。對了，阿爾斯，你有看到晨曦流星嗎？」

「嗯，很漂亮呢。託它的福，我整個人都清醒了。下次我們一起看吧？」

「當然好！從阿爾斯的房間看到的景色也會展現出不同的美麗吧。」

尤莉亞在胸前握緊雙手，神情滿是喜悅。

然後，她來回看著阿爾斯和卡蓮，露出了燦爛的笑容。

「呵呵，阿爾斯跟卡蓮好像也成為朋友了，真是太好了。」

聽到尤莉亞的話，卡蓮理所當然地挺起胸膛。

「因為他是幫助姊姊的恩人嘛。我當然不能無視他。無論是作為『維爾特公會』的萊勒，還是維爾特王國的前公主，這都是應該的。」

看著妹妹成長的模樣，尤莉亞似乎感到很耀眼地瞇起了眼睛。

「卡蓮，妳長大了呢。我還記得妳以前明明老是喜歡惡作劇，沒人管得動，總是給侍女跟傭人們添麻煩呢。」

「有那麼厲害嗎？」

聽到阿爾斯的詢問，尤莉亞很高興似地連連點頭。

「是啊，就是這麼厲害。她打破花瓶就推給侍女，胡亂塗鴉就推給傭人，甚至還踢了他國外交官的屁股，然後推到宰相的頭上。」

「…………居然沒發展成外交問題呢。」

「大家都是心地善良的人，覺得是小孩子在玩鬧而原諒了她。不過，卡蓮卻因此得意忘形，行為愈來愈脫序。最後她受到父王的訓斥，被關進牢裡大哭了一場呢。」
「等等，姊姊，這不是讓我形象全毀嗎？剛才我還充滿了威嚴耶！」
「卡蓮，妳昨天不也是在阿爾斯面前說我身上有味道嗎？而且不僅如此，妳還將他騙去浴室對吧？」
正想說她怎麼反常地列舉著妹妹的糗事，原來是還記恨著昨天的事情。
儘管如此，她仍帶著如慈母般溫柔的笑容，所以更讓人背脊發涼。
卡蓮似乎也有同樣的感受，她向後倒退幾步，嘴角抽搐。
「嗯，因為……真的——不對，姊姊總是很香。昨天可能是我搞錯了吧。而且惡作劇的事情我不是已經道歉了嗎？差不多可以原諒我了吧？」
雖然卡蓮這麼說，但尤莉亞的表情卻沒有任何變化，那張笑臉就有如面具般貼在臉上。
因為不知道她在想什麼，阿爾斯試著用【聽覺】探查了她的心跳跟脈搏，結果一切如常並無異狀，反而更加可怕。
原本快要被這種詭異的壓迫感壓垮的空間，冷不防被破壞了。
「你們在做什麼……？」
受到訝異的聲音所吸引，三人將視線投向了同一個地方。
艾莎就優雅地站在那裡。雖然一如既往面無表情，也看不出來在想什麼，不過跟現在的尤莉亞相比，她的感情相當好讀懂。

「艾莎！妳來的正好！」

卡蓮緊緊抱住救世主，把臉埋在她豐滿的胸前。

即使突然被一把抱住，艾莎也紋絲不動，她摸著卡蓮的後背嘆氣道：

「卡蓮大人，我已經讓其他人先出發了。真是的……您們三位喋喋不休地在聊些什麼呢？」

「沒、沒什麼事啦。我們也出發吧。姊姊也沒有問題吧？」

即使是卡蓮，也沒有勇氣重溫剛才的話題。

「呵呵，這麼慌慌張張的，卡蓮還真是可愛呢。」

雖然不知道那張笑容的背後在想什麼，但尤莉亞收起令人毛骨悚然的氣息，朝卡蓮點點頭。

「我隨時都可以出發。阿爾斯沒問題嗎？」

「嗯……喔，要去龍之城了嗎？我很期待。」

「看來都沒問題，那我們就走吧。」

聽從艾莎的話，一行人走出了作為『維爾特公會』總部的酒館。

當四人開始向巴比倫塔邁開步伐後，阿爾斯開口詢問一件在意的事情。

「話說回來，還有幾個舒勒留在店裡，不帶他們一起去嗎？」

「他們今天負責留守。畢竟不能讓酒館一直關門嘛。而且要是總部沒人在，被闖空門也會很困擾。所以即便是休息日，也一定會留下幾個人。」

聽到卡蓮的話，阿爾斯心想那倒也是。

「阿爾斯，你知道嗎？」

尤莉亞向他搭話。

「知道什麼？」

「來到這個城市後都沒有看到任何小孩，你不覺得好奇嗎？」

「這麼說起來……」

被她這麼一說才注意到，自從來到魔法都市都不曾看到孩童的身影。

即使是現在，擦肩而過的行人雖然種族各有不同，但個個都是大人。

「小孩的話，都待在巴比倫塔的居住區或者北部的特別區喔。」

卡蓮回答了他們兩人的疑問。

「這麼說起來，我還沒向你們詳細說明魔法都市的事情呢。」

卡蓮邊走路邊聳了聳肩。

「我們所在位置是南邊的娛樂區，因為有酒館，我想你們應該明白這地區在魔法都市裡治安也不算好。但是我以低廉的價格買到了土地，所以對這裡的印象還不錯。不過，地價比其他城市高出十倍左右這點還是讓人很火大。」

另外據她所言，魔法都市被整齊劃分成好幾個區域，若想要魔導具等道具，可以去東邊的商業區；若想要各類武具，可以去西邊的工業區；北邊則是富裕階層居住的特別區，四周有嚴密的警備和高牆環繞；中央則是有巴比倫塔矗立的居住區。

「公會內有不少帶著小孩的人，我們公會也不例外。這些人會跟孩子一起住在居住區。」

阿爾斯聽完說明後，望向身旁的尤莉亞。

「聽起來真是個有趣的城市呢。」

「是呀。如果阿爾斯願意，我想和你一起去商業區看看。」

「好啊，等有空了我們再去吧。我很期待看到有賣什麼樣的東西。」

「呵呵，真讓人期待呢。」

「哎呀，姊姊要去的話，我也要一起去。」

卡蓮抱住尤莉亞的手臂說道。

「不過，我們今天要去的是『失落大地』。雖然感情融洽是件值得高興的事，但各位的腳步停住了喔。」

聽到後方傳來艾莎的提醒，三人連忙走向巴比倫塔。

＊

——巴比倫塔。

這是一個保管著從世界各地蒐集來的珍貴文獻、魔法書和魔導具的場所。

而閱覽魔法書等資料時必須有位階，倘若想看更貴重的魔法書，也有那種必須要有第一位階——也就是僅限魔王才能閱覽的魔法書。

假如天賦和魔法書一致，也很有可能當場就能學會新魔法。

正因為如此，隸屬於魔法協會的魔導師為了能自由閱讀魔法書，每一個都將提昇階級當成目標。

「好美的地方啊。」

阿爾斯等人現在位於巴比倫塔內部，被稱為下層區的地方。

受到尤莉亞的話影響，他抬頭仰望上方，天花板高到幾乎看不清楚。

把視線往下移，就會對人山人海的場景感到震撼。也不知道是否只是在隨意晃蕩，幾十個人在阿爾斯他們的面前匆匆忙忙地走過。

「魔王們也住在巴比倫塔裡嗎？」

卡蓮回應了阿爾斯的疑問。

「不，他們不住在這裡。魔王們會從魔法協會那邊分配到領地，各自統領。所以住在巴比倫塔的只有第二階級以下的魔導師。不過，從七十層到八十層被指定為魔王領域，嚴禁入內。」

「魔王領域裡有什麼？」

「好像有歷代魔王們從世界各地收集來的珍貴文獻和魔法書。因為只聽過傳聞，也不知是真是假，而且只有魔王能進去。所以我不清楚具體情況。」

「聽起來是個很有意思的地方，可惜不能進去。」

「不過除了部分樓層以外，好像直到近期都還開放至樓頂。但是從某一天開始，管制就變嚴格了。」

「發生了什麼事？」

「聽說是魔王們在研究的天賦相關魔法知識遭竊……然而沒有證據，也不曉得是否真的被偷走，最後差點就以『無憑無據』、『被害妄想』、『缺乏睡眠』草草結案，無法接受的魔王們似乎為了找出犯人而積極奔走。」

卡蓮露出一副覺得荒謬的神情，聳了聳肩。

「魔法協會陷入了大混亂。據說也有魔王主張這是聖法教會所為，差點就爆發戰爭。」

「畢竟對於魔導師來說，魔法知識有時甚至比生命還重要呢。」

雖然用【聽覺】偷聽了很多知識的阿爾斯沒立場這麼說，但如果是從魔王們那裡竊取了魔法知識，想必是高手中的高手。

魔王們也不會默默咬著手指旁觀吧。

【探查】、【監視】、【陷阱】、【結界】，他們肯定用了各種魔法來應對。

即便做到這種地步，魔法知識還是被奪走的話，對方很有可能是與魔王匹敵的魔導師。

如果用消去法來看，會懷疑聖法十大天所屬的聖法教會也是難免的事。

「不過，聽說是知道聖法教會也有受害而避免了戰爭，也多虧這樣，周邊國家開始出來表示自己也是受害者，而如今全世界的魔法知識都遭到竊取──這個魔導師被稱為『魔法之神髓』。」

看來這裡也跟『魔法之神髓』息息相關。

阿爾斯被幽禁時，每次用【聽覺】偷聽，也總是會聽到『魔法之神髓』引起騷動。沒想到這人仍然不滿足，還引起世界各國的軒然大波，真是會給別人添麻煩。

「我想問一下，『魔法之神髓』在這座魔法都市裡嗎？」

「偶爾會聽到這種傳聞，但實際上沒有人看過。」

「真遺憾，我很想見他……」

「哎呀，難道你在尋找『魔法之神髓』嗎？」

「是啊。不過，看來只能按部就班地尋找了。」

「原來如此。根據最近的消息，東方的索雷伊女王國好像將『魔法之神髓』列為懸賞對象了。聽說女王大發雷霆，說是什麼國家機密遭竊，可能會造成嚴重損失。從這方面來說，好像有人主張其他國家應該跟進，發佈國際通緝令。」

「希望我能在『魔法之神髓』被逮捕前就找到他。」

對於這名驚動全世界的『魔法之神髓』，即使用阿爾斯的【聽覺】也無法捕捉到任何『聲音』。但他一定要親手抓到這個人，學到對方所累積的魔法知識。

「還有，有沒有那種D級魔導師也能從巴比倫塔外借的魔法書？」

隸屬於魔法協會的魔導師，存在著被稱為位階的十二個層級，但同時也被指定了等級。

第一位階是S級魔導師，第二位階是A級魔導師，第三位階～第五位階的魔導師是B級魔導師，第六位階～第九位階是C級魔導師，第十位階～第十二位階是D級魔導師。

指定魔導師等級的，是不習慣用位階制的國家。

位階是魔法協會獨創的分級制度，而其他國家透過指定等級來區分魔導師的強弱。不管是等級還是位階都由來已久，所以在魔法協會裡兩種都能通用，但也有不使用等級制就不通的國家。

「很遺憾，從很久以前就禁止外借魔法書，就連魔王都不行。但積累知識並帶走是能辦到的。可以將內容傳授給同伴，教他們如何使用魔法，或是傳授給祖國，增強軍事戰力。」

無論善惡，只要有心學習，魔法都市都來者不拒。

所以才會有來自世界各地的魔導師前來學習，以實現成為魔王的野心，或為祖國發展效力。

「看來只能放棄借書了。我大致上明白了。謝謝妳的說明。」

「不用客氣。有什麼事都可以問我。只要我知道的話都會告訴你。」

他們聊著聊著，來到位於巴比倫塔下層區東北方的一處場所。

「這就是傳送門嗎？」

在阿爾斯面前的是一座奇怪的建築物，造型像是一個空心的門框。

本來應該有門板的部分，張著一層像是薄膜的東西，如水紋般波動蕩漾，觸摸到它的人都彷彿被吞沒似地消失在門後。

「據說千年前，第一代巴比倫塔上曾有一座傳送門，但似乎在魔帝與諸神之戰中損毀了，而現在這座是在三百年前復原的。」

「這是靠吸取魔力運作的吧？」

「沒錯，只要用手一摸，它便會逕自吸收使用者的魔力，啟動傳送門。你將魔力想像成通行費就行了。」

傳送門是魔法協會的祕藏知識之一，創造者雖已離世，但製造方法流傳了下來。

阿爾斯曾經聽到幾次有關的對話。

由擁有【賦予】和【鍛造】天賦的優秀魔導師們合作製造的魔導具——『傳送門』。

由於是千年前製造的，所以用【聽覺】得到的只是關於保養的知識。

想要知道製造方法，可以透過提升位階來閱覽相關資料，或者是破壞眼前的實物來得到情報，因為傳送門損壞後應該會進行修理。

「不過，我也沒有渴望到那種程度。」

除非將來打算住在城堡裡，否則根本用不著這麼巨大的傳送門。

如果能小型化就好了，可是沒有人擁有這麼卓越的技術吧。

或許生活在地底帝國的矮人製造得出來……

「覺得有必要時再考慮就好。」

「容我打斷一下你的自言自語，不過你還有其他問題嗎？」

「現在沒有。」

「好，既然理解了，你就先請吧。」

「咦？喂——」

阿爾斯背部受到衝擊，整個人撲向傳送門後消失了。

見狀，卡蓮捧腹大笑。

「哈哈哈，看看他那張驚訝的臉。簡直就像哥布林著火時的表情。」

「不管是誰，第一次使用傳送門時都會露出那種表情。因為僅限第一次，所以是一生一次的表情——能夠留在某個人的記憶裡，對阿爾斯先生來說也是美好的回憶吧。」

艾莎的聲音也隱約帶著喜色。

尤莉亞跟她們兩人表現出不同的反應，她用責備的視線望向妹妹。

「卡蓮，妳又來了……待會兒記得跟阿爾斯道歉。」

「我才不～要。誰教他總是一副『就算天塌下來我也不為所動』的表情。這不是很痛快嗎？偶爾做一下那種表情，有助他鍛鍊面部肌肉。」

「真是的，妳這孩子……」

「如果擔心的話，姊姊也一起去吧。」

卡蓮從正面把手搭在自己姊姊的雙肩上，就這樣順勢將尤莉亞用力推出去。

「啊……卡蓮！妳實在是……！」

「哎呀，姊姊的表情也不錯喔。」

卡蓮向消失的姊姊揮手送別。她的笑容猶如鮮花綻放般明豔動人，但又帶著一種小惡魔般的調皮氣息。

「好啦，既然把他們倆順利送出去了，那我們也走——」

卡蓮一轉身，胸口便感受到了衝擊。

「喂!?」

卡蓮踉踉蹌蹌地連踏數步，勉強穩住身形，艾莎面無表情地站在她眼前。

「卡蓮大人無論遇到多少次同樣的事，總是會用不同的表情來呈現驚訝，真是讓我感到喜出望外。」

「唔，艾莎！妳這是幹嘛!?」

「聽說帶阿爾斯先生去女浴室的是卡蓮大人。托您的福，我全身上下每個角落都被他看光了。幸好阿爾斯先生好像願意負責，不然我可能差點就得單身一輩子了。」

「欸……那確實是我不好……可是妳也不必鑽牛角尖吧。憑艾莎的條件，男人根本隨便妳挑不是嗎？」

就算從卡蓮來看，艾莎也是個美女。不，無論是誰看都會讚揚她很美吧。

她那完美無瑕的美貌散發出來的妖豔，醞釀出一種會吸引男性目光的甜美。

在王都的時候，喜歡其端莊秀麗的外表而向艾莎求婚者絡繹不絕。

光是看到姊姊跟艾莎並肩行走，就會讓人忍不住發出感動的嘆息。

「妳還年輕，要不要重新考慮一下？以後還會有很多男人追求妳的。」

「我不是那種不知羞恥的女人。」

「可是，我覺得阿爾斯所謂的負責應該也不是那種意思。」

「男人說話應該要算話。不能用『我不知道』或『我沒做好心理準備』來推卸責任。我想不至於，但如果他不肯負責，到時候我就向尤莉亞大人謝罪，將阿爾斯先生斬首，然後終身服喪。」

卡蓮心想這下糟了。

沒想到只是一時興起的惡作劇，居然會演變成這種情況。

卡蓮當然也不願意讓男人看到裸體，但即便如此，艾莎也展現出令人意外的一面。

從艾莎的個性來看，卡蓮還以為她會輕描淡寫，做出更成熟的對應。

「艾莎……原來妳想法這麼純潔嗎？」

「我內心早已決定，這一生中只能讓一名男性看到我的裸體。」

「我覺得這個想法很棒。我也有同感。可是……說不定哪天也有可能在意外情況下被別的男人看到裸體啊？」

「到時候我會切腹向阿爾斯先生道歉。」

艾莎連想都沒想，立刻答道。這句話說得斬釘截鐵，簡直充滿男子氣概。

「已經徹底做好覺悟了嗎……」

卡蓮不禁戰慄。艾莎看起來不像是在開玩笑或說謊。

想必在她的腦海裡已經擬定好對於未來的計劃了。

艾莎是個講究完美的女性。

她一定從小孩的人數、房子的佈局，甚至到晚年的事情都考慮好了。

「不過是稍微被看到一下裸體吧……會不會太沉重了點……？」

艾莎肯定是為了讓卡蓮反省，才會誇大其辭吧。

沒錯。絕對是這樣。卡蓮決定這麼想。

於是卡蓮輕拍艾莎的肩膀，露出笑容。

「冷靜點。只是稍微被看到而已，沒問題的啦。」

「不是稍微。」

艾莎的藍眸閃過一道陰霾，嬌豔的嘴唇流露出寧靜的憤怒。

「是全部。」

「噫——」

臉色慘白的卡蓮被艾莎猛然一推，消失在傳送門中。

如果使用傳送門，魔力會被強制吸收，魔法會立刻發動。

體感時間不到一秒，馬上就被扔到相連的地點。

「呀!?」

卡蓮從傳送門中背著地翻滾出來，與可愛的悲鳴相反，以一種難看的姿勢倒在地上。因為她一副華麗地傳送失敗的模樣，從周圍的人群中傳來一陣竊笑聲。

「……為什麼連卡蓮都是這種姿勢？」

阿爾斯不由得嘀咕道。

但對此做出反應的是他身旁的人——她跟卡蓮以同樣的姿勢衝出傳送門。

「嗚嗚，好丟臉。」

尤莉亞為了避開周圍的目光，把額頭抵在阿爾斯肩膀上埋住了臉。

「這算是因果報應嗎……阿爾斯，我也必須向你道歉。把那麼奇怪的東西強塞給你，以後你會很辛苦。」

「啊？妳不用太在意。我還是第一次使用傳送門，所以很開心。我會當成是珍貴的體驗。」

「我不是在說那個……而且對姊姊也過意不去——不，她們兩個的話應該會相處得很好，這點倒是不用擔心。」

「妳從剛才開始就在說什麼啊？」

「沒什麼。我只是切身體會到最好不要惡作劇。」

雖然她以一種尷尬的姿勢說出值得嘉許的發言，但老實說阿爾斯不認為她有在反省。如果遇到同樣的情況，她肯定又會重蹈覆轍吧。

當他正苦思著該對這個不記取教訓的少女說些什麼時，艾莎出現了。

她瞥了一眼還倒在地上的卡蓮，看了下懷錶後開口說道：

「看來各位都平安抵達了呢。離集合時間還有一段時間，不如我們稍微逛一下這座城鎮吧。尤莉亞大人，阿爾斯先生，兩位有想去的地方嗎？」

卡蓮在她身後站了起來，罕見地表現得安靜溫順。

雖然很好奇兩人之間到底發生什麼事，但也不是能詢問理由的氣氛。

於是，阿爾斯決定說出自己的願望。

「我想看短劍。可以的話，我還想買衣服。」

之所以想買衣服，當然是為了告別這身寒磣的打扮。他雖然不太在意別人的視線，但帶著阿爾斯同行的尤莉亞她們也會被人投以奇異目光。

為了她們的名譽著想，還是買套衣服比較好。

「阿爾斯能那麼巧妙地使用魔法，我覺得你並不需要武器。」

聽尤莉亞這麼說，阿爾斯聳了聳肩。

「這是魔力枯竭時的緊急備用手段。還有對付連魔法都不需要的對手時，我也想保存魔力。」

攻擊手段不管有幾種都不嫌多。另外也必須調查跟【聽覺】是否合得來。最好先趁這段時間習慣怎麼使用武器。

「那我們就去〈狗獾巢穴〉吧。那裡什麼都買得到。」

「我一時也想不到想要什麼，所以先去那裡吧。」

尤莉亞同意卡蓮的提議後，眾人視線集中在剩下的艾莎身上。

「看來大家達成共識了，我們就去〈狗獾巢穴〉吧。」

龍之國度修萊亞是由獸人、龍人，也就是所謂的亞人們統治的王國。

其為亞人聯盟的成員國，與魔法協會締結友好關係。

作為交流的一環，巴比倫塔的傳送門連接著龍之國度修萊亞的首都『亞爾塔爾』。

阿爾斯重新觀察周圍——傳送門所在地點的狀況。

雖然人很多，但並無引人注目的東西，似乎只是為傳送門而建造的場所。

四個人一走出去，就看到一條寬闊的街道，兩旁的商店鱗次櫛比。

在稍微往前走一點的地方——中央地區有噴泉廣場。

噴泉中央有一座巨大的龍銅像，圍繞在其周圍的是一群龍人，他們擁有得天獨厚的身軀和壓倒性的魔力。龍人們聚集在廣場上，整齊一致地向銅像低頭，似乎是在進行祈禱。當阿爾斯被這個異樣的景象吸引住目光時，卡蓮開口了。

「那是禮拜。他們每天早晚會在中央噴泉廣場或位於亞爾塔爾四方的教堂獻上祈禱，這是龍人的日常活動。」

「那就是禮拜嗎……我還是第一次看到，所以嚇了一跳。」

「我最初看到時也很驚訝。還有要注意一點，妨礙禮拜的話會惹上麻煩。」

「好，我會謹記在心。」

「既然明白了，我們就走吧。很快就會到了。」

一行人由卡蓮帶頭，沿著街道前進。

不久就抵達了〈狗獾巢穴〉，那裡掛著一塊畫著獾的招牌。

這間店由大面玻璃窗圍繞，從店外也能看到裡面的樣子，店內陳設著華麗的鎧甲和刀劍，架上擺著各種小物件。

「這裡是我們同盟公會所開的分店。很多方面都會給我們優惠。」

卡蓮展現出一副很熟悉這裡的態度，打開門走了進去。

阿爾斯等人也跟著進入店裡，一陣花香迎面而來。

點綴著可愛裝飾的武具被擺放在入口處，通道的兩旁放著商品架。

分成三層的架子陳列著商品，上層是戒指和項鍊，中層是裝著液體的小瓶，下層則是化妝品。每一個都能感受到微弱的魔力，應該都是魔導具。

尤莉亞雙眼閃閃發亮，開心地看著飾品類的架子。

「阿爾斯，你不覺得很漂亮嗎？」

「是啊。每一個都做工講究，像這個感覺就很適合尤莉亞。」

阿爾斯指向一個百合花造型的白色髮飾。

「真的嗎？適合我嗎……」

「搭配妳的銀髮一定很漂亮——這個說不定意外地不錯。」

他接著拿起的是一件蝴蝶蘭的頭飾。

雖然比剛才的髮飾大了幾倍，但尤莉亞配戴的話肯定也很適合。

阿爾斯將蝴蝶蘭的頭飾抵在尤莉亞頭的一旁。

「妳看，很漂亮。」

「阿爾斯喜歡哪一種？」

「妳戴起來都很好看，不管哪一種尤莉亞我都喜歡。」

「呵呵，雖然我很高興，但你這種說法很狡猾喔。」

「會嗎？我只是實話實說。」

「這、這樣啊……那我是不是兩種都買比較好……」

尤莉亞互相比較著飾品，認真煩惱起來，阿爾斯不想打擾到她，於是默默地走開。

這時，他看到艾莎站在自己視野的邊緣。

順著她的視線看去，那裡擺著很多布娃娃。

他感覺這些布娃娃在艾莎灼熱的視線下冷汗直流。

明明沒有生命，不知為何卻發生了傳達出心情的神祕現象。

「妳想要嗎？」

阿爾斯向艾莎搭話，她的肩膀猛然一抖。

「沒有，我只是喜歡看看。而且這麼可愛的擺飾，放在我那單調的房間裡太可憐了。」

「擺飾就是為了點綴單調的房間才存在的吧？」

「……這麼說確實有道理。」

「而且說不定擺了之後妳會意外地喜歡。如果後來還是覺得不需要的話，送給舒勒的孩子不就好了嗎？」

「孩子……說的也是。或許為將來的孩子先買一些比較好。女孩應該會有兩個。」

聽到艾莎這奇妙的發言，阿爾斯歪頭感到不解。

但是，他的腦海中忽然靈光一閃。

可能是她的近親當中有懷孕的女性，比如說姊妹之類的。

「是啊，像這種布娃娃，女孩子應該會很喜歡吧。」

「既然丈夫說想要的話，我也沒有反對意見。那就買回去吧。其實我希望阿爾斯先生也能多少出一些錢，不過這次就先由我出吧。」

艾莎說的確實有道理。

當初被幽禁時跟這種事無緣，但他聽說過貴族之間會送新生賀禮。雖然沒有見過艾莎這個叫『丈夫』的姊妹，不過這也是一種緣分。因為是他提議的，就應該配合到最後才對。

然而，出逃的阿爾斯手中只有一枚已故母親留下的金幣。

「抱歉，我現在手頭沒什麼錢……」

他帶著歉意說道，艾莎眨了幾下眼睛後，露出微笑。

艾莎那少見的表情一時之間吸引住了阿爾斯的目光。

原來她也能露出如此溫柔的表情——這種安穩心情讓他留下深刻印象。

「我明白。不過，今後您會好好賺錢吧？」

「當然，我會好好賺錢的。包在我身上。」

「既然如此，您不用介意。現在就靠我吧。這種事情就是要互相扶持。」

艾莎這麼說，再次將視線投向布娃娃。

「兩個女孩，三個男孩……視阿爾斯先生的情況也許會更多……小孩之間相差一歲的話，娃娃的耐久性會……也有可能生雙胞胎和三胞胎……那樣的話機能性也……大家擁有一樣的娃娃會不會比較好……真讓人煩惱。」

面對開始自言自語的艾莎，阿爾斯露出苦笑。

孩子的數量增加了。看來艾莎的姊妹『丈夫』小姐有許多小孩。

她選擇布娃娃的神情非常認真，眼睛裡充滿了深情。

「雖然很嚴格，但也很溫柔嗎？不愧是一手承擔公會營運的存在。」

可以理解尤莉亞和卡蓮為何對她信賴有加。

而阿爾斯並沒有意識到，他已經逐漸失去退路了。

這是因為他們的對話始終都在兩條平行線上。

「唔哇……到了那種地步就無法阻止了。希望阿爾斯不要說什麼奇怪的話而被刺殺。」

卡蓮忐忑不安地偷聽著阿爾斯和艾莎的對話。

就像在逃避責任一樣，她搖了搖頭，故作鎮定地靠近阿爾斯。

「哈、哈囉～阿、阿爾斯，短劍之類的是放在這邊喔。」

「嗯……哦，謝謝。話說妳怎麼好像有點奇怪？」

「不需要你擔心！總之你趕快去選你的武器啦！」

「好、好吧，我知道了。不過為什麼要對我發脾氣啊？」

在卡蓮的催促下，阿爾斯找到了放著短劍和短刀的架子，停下腳步。

陳列在架上的短刀跟短劍一塵不染，價格雖然高低不一，但不管哪把都經過細心的保養。應該是每天都有人打理吧。看到這個景象，可以深深感受到製作者的愛情。

一枚帝國金幣能買到兩把青銅短劍，只買一把的話可以買到銅製的。

如果是更高級的鐵、銀、金、祕銀的話，實在是買不起。

「怎麼樣？你找到想要的東西了嗎？」

他聞聲往旁邊一看，尤莉亞就站在那裡。

「我想要用一枚帝國金幣買兩把短劍……但我對鑑別武器一竅不通。」

「交給我吧。我從以前就經常接觸武器，因此也算是小有心得。」

尤莉亞摸了摸幾把短劍後，拿起一把青銅製的短劍遞給他。

「每一把好像都很輕巧堅固，不過這把短劍跟魔力融合得很好。」

「嗯……確實很輕呢。還能隱約感覺到一點魔力。」

武器、防具、飾品之類也是如此，據說擁有【鍛造】天賦的鐵匠在製作時會使用魔石粉末並注入魔力，可以在保持堅固的同時減輕重量。

「還有跟那把相比，這一把的魔力傳導率似乎要低一些，但應該是其中最堅固的。」

傳導率——透過注入自身魔力來增加武器的鋒利度。這同樣適用於防具，可以增強耐用性使其更堅固。但是傳導率低的話，魔力的流通就會變差，不僅武具的強度會下降，還會無法排出多餘的魔力，導致武具無法承受而損毀。

「那就買這兩把好了。」

「嗯，我想這絕不會錯。還有，我有件事想拜託阿爾斯……」

尤莉亞的雙頰染上紅暈，慌張地摸著側邊的頭髮。

阿爾斯對她這奇怪的反應感到疑惑。

「嗯？發生什麼事了嗎？」

「姊姊～妳打算什麼時候才要叫阿爾斯過來？」

話音響起，然後搗蛋鬼大小姐的卡蓮跟著現身。

「哎呀，我打擾到你們了嗎……？」

「沒有，不過到底是怎麼回事？」

聽到他的回答，卡蓮不知為何神情一愣。

「咦？姊姊還沒說嗎？」

「嗚，我一直找不到開口的時機。」

「真是的……拿妳沒辦法。」

卡蓮一臉無奈地雙手扠腰，把視線轉向了阿爾斯。

「剛才我跟姊姊討論過了。我在想，你就這麼穿著那件衣服去『失落大地』不太好吧？」

「是這樣沒錯，但我買了短劍後應該就沒錢了。這次只好作罷了。」

「所以囉，姊姊說要送阿爾斯謝禮。」

「謝禮？」

「那個，因為我也還沒答謝你的相助之恩，能讓我送你裝備當作謝禮嗎？」

尤莉亞抬眼望著他。面對眼神楚楚可憐的她，阿爾斯當然沒辦法說不。

「這樣好嗎？」

「當然好。別囉嗦了，快過來。」

卡蓮終於失去耐性，一把抓住阿爾斯拖著他走。

她帶他來到一個地方，那裡放著各式各樣的防具，從長袍、皮甲、輕裝備到重裝備一應俱全。

女性專用的防具琳瑯滿目。男性防具則被擺放在店裡的角落。

從店裡陳列的商品來看，這裡應該是一間以女性顧客為主的店。

「跟武器一樣，我對防具也不太瞭解。可以交給妳們嗎？」

「好、好的！請交給我吧！我會幫你挑選合適的防具！」

「真拿你沒辦法～那挑選的事就交給姊姊，我提供意見就好。」

卡蓮說完後瞇起眼睛，將臉湊近阿爾斯。

「怎麼了？」

「我覺得還是用髮色或瞳色來搭配比較好。阿爾斯是黑髮跟朱黑異色瞳，所以你的天賦是黑色系的嗎？還是紅色系？」

據說髮色與瞳色會因天賦影響而發生變化。

這被稱為『簡易式診斷』，用魔法陣的顏色判別的方法也是其中一種，不過魔導師亦會用髮色或瞳色來判斷天賦的魔法系統。

尤莉亞的髮色和瞳色都深受白色系的影響，這種情況就是對天賦的感受性非常強。對於魔導師來說，強烈的感受性被認為是極其重要且不可或缺的素質，因為這會影響到魔法數量、魔力量以及魔法操作。

「不，我覺得不是黑色系的……」

「嗯……那你應該很辛苦吧。」

卡蓮的聲調微微降低，對阿爾斯投來了同情的目光。

黑色被認為是無能者——凡人的證明。

這也是為什麼黑色是魔導師們蔑視的對象。但還有其他理由，因為【死靈】天賦是黑色系，持有者常會是黑髮或黑眼而遭人忌避。

黑色是犯罪者和無能者的代名詞，所以很少人喜歡穿黑色的衣服。

「並沒有妳說的那麼辛苦啦。我也因此學到了很多東西。」

「好吧，那你是什麼魔法系統？就配合那個顏色吧。」

「不用了，黑色就好。」

「咦？你確定嗎？」

「是啊，如果沒有黑色的話，別的顏色也可以……」

「雖然是不受歡迎的顏色，不過好像還是有放……但你真的確定嗎？」

「我覺得乾脆全身黑色的話，對手也會輕敵。」

「唔～確實有道理，但如果能使用魔法的話，反而會被警戒吧。」

「我拿來了！」

從剛才開始就感覺很安靜的尤莉亞，雙手抱著一堆防具。

看來是在卡蓮和阿爾斯對話時完成了挑選。

她將長袍、皮甲、銅制鎧甲、便服擺在附近的長桌上，方便阿爾斯觀看。

「我覺得這件便服不錯。」

「哎呀，你倒是很有眼光嘛。便服的防禦力當然比起銅製防具要差得多。魔力傳導率也比長袍低……不過，比任何鎧甲都高，如果是擅長魔力操作的人來穿，它的耐久性就會超過祕銀。」

卡蓮的說明結束後，尤莉亞興奮地逼近阿爾斯。

「我覺得那件便服非常適合阿爾斯！最近愈來愈多的人買便服而不是鎧甲，所以我覺得不會有問題！」

「是哦，那我就選這件吧。」

「既然有試衣間，你要不要乾脆在這裡換上？」

卡蓮指著試衣間說道，於是阿爾斯決定換了再走。

當他走入試衣間時，卡蓮遞給他某樣東西。

「還有，這是我送你的，謝謝你救了我姊姊。你可以把兩把短劍收在裡面。因為是腰帶式的，便於穿戴，拔劍時是把手放在腰間的類型，所以一開始可能不太好上手，不過如果是以魔法為中心的戰鬥方式，你還是從現在開始習慣會比較好。」

「這很有用，謝謝妳。處處承蒙妳的照顧，真是不好意思。」

「不用這麼客氣啦。不過作為交換，你在『失落大地』要好好表現喔。」

「瞭解。」

他脫下了陪伴自己多年的破爛外套。

接著換上新買的便服，印象頓時截然不同。

「外表果然很重要啊……」

看著眼前這面全身鏡中映出的自己，阿爾斯沉吟道。

原先的那股貧窮感消失殆盡，寒酸氣息也一掃而空。

全身統一為黑色的服裝讓他看起來更加俐落。

當他從試衣間出來時，以尤莉亞為首的女性陣容正兩眼放光地等著。

「很適合你。我的選擇果然沒有錯。你整個人的印象都變了呢。」

「是嗎？」

「嗯，之前的阿爾斯也很帥，不過現在更帥了。」

阿爾斯聽到尤莉亞的恭維後露出苦笑。

現在姑且不論，他之前的打扮就算昧著良心說也稱不上帥。

尤莉亞總是給予阿爾斯過高的評價，當真的話會很危險。

「哇，黑色看起來很俐落，比想像中的更好看。」

「阿爾斯先生，您這打扮很有男子氣概。雖然我不在乎您穿什麼樣的衣服，但考慮到孩子希望就讀好學校的情況，還是必須注意儀容外表。照這樣子的話，親子面試也沒問題吧。」

艾莎似乎頗為感動，瞇著眼睛連連點頭。

雖然不知道她是出於什麼觀點，但大概是在表達讚賞吧。

能得到女性陣容的好評真是太好了。

即便她們不會在意阿爾斯的服裝，但有了這身打扮，就算阿爾斯站在身旁也不會讓她們丟臉吧。

不過，縱然得到不錯的反應，但他從來沒有被這麼誇獎過，所以也不知道該怎麼回應。

但是託她們的福，他前往『失落大地』冒險的動力確實大幅提升了。

「既然滿足了，我們也該出發了吧？大家應該都在北門前等候。」

或許是艾莎好意幫忙解圍，阿爾斯總算擺脫了被當成觀賞對象的處境。

龍之城亞爾塔爾的北門——那裡是維爾特公會的集合場所。

當阿爾斯他們抵達時，十二名舒勒已經列隊在等候了。

因為他們簡直就像軍人一樣井然有序，阿爾斯腦中浮現一個猜測，好奇地詢問卡蓮。

「真虧你看得出來呢。我們公會裡有六成的人都是前維爾特王國的魔導師。既然我們公會打著維爾特之名，就必須讓成員在理解風險的前提下加入。」

有時也會跟偏袒亞斯帝國的公會起衝突。而且以前還有維爾特王國撐腰，但如今祖國已亡，其威望不知道還有多大的影響力。如果抱著期待進入公會，只會自找苦吃。

「而且公會徽章也是維爾特王室的圖騰，所以必須具備足夠的覺悟。」

卡蓮等人披在肩上的公會披風，在背上繡著維爾特王室的百合花徽章。

「就像是在引誘敵人攻擊自己一樣。」

「其實我就是為了這個目的才成立公會的。如果在魔法協會中累積實力，就能對亞斯帝國產生威懾力。摧毀跟他們有聯繫的公會，打擊亞斯帝國，把在魔法都市裡培養的知識傳給維爾特王國來進行支援——然而我卻絲毫沒有完成原本的職責。」

在正式啟動計畫前，國家就滅亡了，結果變成孤立無援的形式。

但事到如今也不可能放下自家招牌，就維持這個情況直到現在。

「卡蓮，妳已經為國家十分盡力了。這次就讓我們攜手努力，從這裡重新開始吧。我們必須先累積足夠的實力，當有一天人民希望維爾特復興時，才能實現他們的願望。」

尤莉亞意志堅決地宣告著，卡蓮聞言後笑著點頭。

「是啊。現在有姊姊與我同在！總有一天我要讓人民只崇拜姊姊——不，我會為了復興姊姊和我的國家而努力的！」

總覺得目的好像變了，而且卡蓮還稍微流露出了危險思想。不過看她似乎恢復了精神，阿爾斯也知趣地沒有多說什麼。

「話題又扯遠了呢。我們現在要再次確認遠征路線。」

艾莎出聲糾正了話題走向。她拿出了一張大地圖。

「這次的遠征要避開其他國家宣稱擁有主權的區域。另外，如果其他公會靠近我們，記得先發出警告，切勿貿然接近。」

一旦踏入失落大地，除了同盟公會以外的任何對象都是敵人。

「『失落大地』就像是法外之地。請想像它是永遠處於戰爭狀態。」

遠征的目的是採集從魔物身上可獲取的肉、皮、角、魔石等素材。

另外，找到魔法書等文物的話可以高價售出，如果提交給魔法協會，就能獲得貢獻值，成為提升位階的功績。

「這次遠征預定是三天兩夜。不過，如果回收了足夠的素材就提前撤退，或者發現珍貴的魔導具和魔法書時就立刻返回。」

假如被其他公會知道持有貴重物品的話，很有可能會發生爭奪戰；如果是其他國家的軍隊，甚至會演變成互相殘殺。

「沿途有一些成為廢墟的古代城鎮，但是不能靠近。因為這些地方有時會是逃兵或土匪的據點，而且資源已遭搜刮一空，去了也無利可圖。」

說完之後，艾莎環視了一下眾人。

「大家有任何問題嗎？」

確認無人發問後，艾莎用眼神向卡蓮示意，並往後退了一步。

卡蓮相對地向前走出一步，用眼神掃過舒勒們後，挺起胸膛宣告道：

「請各位盡量不要受傷，更不可以送命，如果覺得有危險就撤退。」

卡蓮展現出萊勒應有的威儀，淘氣小惡魔的氣質銷聲匿跡。

舒勒們也微微點頭表示瞭解。

「好，那就出發吧！大家跟著我走！」

一行人意氣風發地踏上征途，阿爾斯也感到情緒高昂。

這裡就是他夢寐以求的『失落大地』，棲息著許多強大魔物。

就連繁殖力強的哥布林也無法生存的嚴酷大地。

正好可以用來測試自己的實力，清楚理解自己位於哪個程度。

而且還能夠同時進行魔法的實驗、開發，以及短劍的修行。

「對了，我忘了告訴姊姊和阿爾斯——」

卡蓮轉過頭開口，但森林中出現了巨大的魔物打斷了她的話。

魔物猛然掃倒樹木，揚起塵土，發出震天價響的腳步聲。

一隻、三隻、五隻，魔物們陸續出現，把手裡的大樹扔過來。

眾人受到彷彿要捏碎五臟六腑般的震動襲擊，大地劇烈凹陷。

但是卡蓮絲毫沒有畏懼背後的怪物。

「在『失落大地』中，從一開始會遇到的怪物就很強。」

在漫天沙塵飛舞中，卡蓮帶著可愛的笑容如此告訴他們。

＊

——位於亞斯帝國，梅根布魯克邊境伯爵領普魯托內。

奧夫斯的府邸原本一片寂靜，卻猛然響起一道男人的吼叫聲。

「梅根布魯克邊境伯爵，這是嚴重失態！」

「亞伯特閣下，就算你在這裡大吼大叫，公主也不會回來。」

屋主奧夫斯厭煩地瞥了一眼他眼前這名氣憤難平的男人。

坐在對面沙發上的是亞伯特・圖・施瓦雷。

他是被譽為亞斯帝國最高戰鬥力的魔導騎士——帝國五劍之一。

「你那是什麼表情？你這傢伙，難道還搞不清楚狀況嗎？」

「我很清楚。」

奧夫斯聳了聳肩，再次開口道：

「亞伯特閣下接到護送尤莉亞公主的敕令，卻丟給部下執行，自己沉迷於玩樂。結果被公主趁隙逃走了。就是這麼一回事吧？」

「……我才沒有沉迷於玩樂。我只是在後方待命，準備對付那些想要奪回尤莉亞公主的殘黨而已。」

「哼，你怎麼辯解都沒有意義。萬一被皇帝陛下知道可就糟了。」

奧夫斯嘲弄似地用鼻子哼了一聲，亞伯特一臉不快地咂嘴。

「嘖……算了。當務之急是尤莉亞公主的問題。根據我部下的報告，聽說已經確認一個名叫阿爾斯的青年和尤莉亞公主一同進入了魔法都市。」

「那就無法再出手了。如果魔王們出來攪局，事情會很麻煩。」

「豈能如此輕易放棄！這可是皇帝陛下的敕令。」

要是無法把尤莉亞公主帶回來，他無疑會被剝奪帝國五劍這個光榮的頭銜。不——如果只是剝奪頭銜還算是好下場了。

恐怕他會被追究責任並斬首示眾。

尤莉亞公主擁有非常珍貴的稀世天賦【光】。

所以，亞伯特無法輕易死心也可以理解。

但既然對方已經進入魔法都市，就無法隨便出手。

「不然你打算怎麼辦……皇帝陛下並不想跟魔法協會發生戰爭。」

要是為了奪回尤莉亞公主而攻打魔法都市，那簡直是瘋了。

梅根布魯克邊境伯領的常備軍是一萬人，連同預備兵的話是三萬人。

雖然看數字好像聲勢浩大，但這三萬名士兵皆是無能天賦，無法使用魔法。

在魔導師面前就只是烏合之眾，戰力薄弱到一支魔導小隊即能殲滅他們。

比如像亞伯特這樣的高手，隻身一人就能殲滅一萬名士兵。

這個世界的一般士兵，其工作是掠奪、破壞、支援，還有充當肉盾來爭取時間。而且在梅根布魯克邊境伯爵領地裡，能動員的魔導騎士不到一百人。

反觀魔法協會，如果是排名上位的公會，麾下會有超過兩百名的魔導師。

光是一個公會就坐擁那麼多的魔導師。

根本無法比較。魔法協會擁有壓倒性實力，戰力差距簡直荒謬到可笑。

「所以才在這裡商量啊。我也想聽聽聖法教會派來的精靈閣下有何高見。」

亞伯特看向坐在中央沙發之人，那是一名擁有超凡美貌的精靈族男性。

「好香啊。用的是好茶葉。」

正在品嚐紅茶的聖法十大天——維爾格靜靜地把杯子放在茶碟上。

「既然不能在裡面動手，把人引誘出來就行了。亞伯特閣下，剩下的就要看您的本事了。」

「什麼？」

「如果我沒記錯的話，亞斯帝國應該在魔法協會裡建立了公會吧。」

「你指的是利希敦同盟吧。他們怎麼了嗎？」

「以亞伯特大人的權限可以調動他們嗎？」

「其他三個公會沒辦法，但如果是『施德公會』的話，我可以自由調動。」

「那就請您馬上聯絡他們吧。要是『施德公會』不行動的話，再怎麼制定計畫也是徒勞無功。」

「明白了。我馬上去跟他們聯絡。」

亞伯特毫無半點懷疑就衝出了房間。

奧夫斯嘴裡嘖了一聲，目送這名單純的男人離開。

「終究只是第五名。腦子只有這點程度，真令人嘆息。」

門一關上，奧夫斯就逼近維爾格。

「你這是什麼意思？要是被皇帝陛下知道，不是挨罵就能了事的。」

「所有的罪責都交給亞伯特閣下承擔就行了。請放心。只要您聽從我，梅根布魯克家族就不會受到懲罰。」

「……你到底在想什麼？」

「這還用問嗎？」

由於逆光而看不清他的表情，但肯定是讓奧夫斯討厭的那副嘴臉。儘管擁有美麗的容貌，笑容卻如污黑渾濁的泥漿般黏膩，那正是精靈族看不起其他種族的特有神情。

「一切都是為了聖法教會。」

＊

遭到折斷的樹木紮入地面，形成了一片景色淒涼的偽森林。

當風吹散塵土，視野變得清晰後，出現在眼前的是擁有龐大身軀與淡綠色皮膚的魔物。其上半身裸露在外，覆蓋著如同鋼鐵般堅硬的肌肉。

兩顆犬齒頂出下唇，從嘴角溢出大量的口水。

其特徵是擁有一顆像人類的腦袋，配上一隻巨大的眼睛──獨眼的魔物。

「這種魔物是獨眼巨人，智商很低，力量卻十分驚人。一般人類要是被他打中一下，整個人就會稀巴爛喔。」

阿爾斯對於卡蓮的說明做出了反應。

「哦，這就是獨眼巨人嗎……」

其生態系統接近半獸人和哥布林，研究者們認為牠可能是進化後的種類。

單論力量的話，在魔物之中也位居前列。

「獨眼巨人的強度，大概是在一百名不會使用魔法的普通士兵圍攻下勉強能殺死的程度吧。」

「跟外表一樣兇暴呢。話說回來，我還是第一次看到這麼大的魔物。」

當尤莉亞饒有興致地點頭時，第一隻獨眼巨人倒在了他們三人的面前。

『先弄瞎眼睛，再綁住牠的腳！』

『直到最後都不要放鬆拿著繩子的力道。』

『這邊有傷患，麻煩施展一下恢復魔法！』

『誰教你要貿然接近。好了，把頭砍下來，接下來換手臂。』

獨眼巨人因劇痛而痛苦掙扎，猛然揚起漫天塵土。

最後，牠遭到舒勒們砍斷四肢，氣絕而亡。

「我們還在入口處。請盡量不要使用魔法，保留自己的魔力。」

在三人附近進行指揮的艾莎提出了忠告。

然後，她的手臂動作一瞬間快到讓人眼花，隨後兩隻獨眼巨人便倒地不起。

倒地的獨眼巨人們眼裡插著箭矢。

「還沒有完全斷氣，先砍掉腦袋再回收魔石和素材。」

艾莎放下弓，向舒勒們下達指示。

舒勒們沒有任何怨言，迅速地解決了獨眼巨人。

「只剩下這兩隻。這樣正好，就交給姊姊和阿爾斯了。」

獨眼巨人一共出現五隻，而阿爾斯等人分攤了對付牠們的工作。

但因為卡蓮主張要他們先觀察其他人的戰鬥，所以兩人才按兵不動。

舒勒們在戰鬥時是攻擊獨眼巨人的弱點，所以很有意思，但艾莎那種箭術根本無法模仿，完全沒有參考價值。

「那我們就開始吧。」

阿爾斯從後腰的收納袋裡抽出兩把短劍。

站在他身旁的尤莉亞拔出了長劍。

她凜然的側臉感覺不出任何緊張，神色泰然自若，猶如靜謐的天空。

果然一進入戰鬥，她的氣氛就會陡然變得宛如利刃。

「機會難得，要不要來比誰能更快打倒敵人？」

「輸的人就要在商業區買對方喜歡的東西。這條件怎麼樣？」

讓阿爾斯驚訝的是，尤莉亞興致勃勃地接受了他的提議。

他原本還以為她會說「我絕對贏不過你」之類的話來回絕。

雖然是出乎意料的回答，但這麼一來他就能知道尤莉亞的魔法了。

她的天賦【光】的力量深不可測。

說不定有很多阿爾斯不知道的魔法，他從之前就想用【聽覺】來記住其中一部分的知識。

「就這麼辦。」

阿爾斯答應後，尤莉亞便拿著長劍開始詠唱。

「腐朽聖堂，渾濁彗星，無人能及，此身未消，凝望前方。」

光芒從尤莉亞的腳下溢出，化為條條白線，描繪出纖細優美的魔法陣。

「舞動吧──『光速』。」

尤莉亞的身影突然消失，只留下一道殘像。

剛感受到地面震動，就傳來一道奇異的呻吟聲，頓時吸引了眾人目光。

獨眼巨人的首級高高地飛舞在空中，失去頭顱的軀體血如泉湧。

「我贏了。」

身旁傳來了意想不到的聲音，轉頭一看，尤莉亞正站在原本的位置。

她的神情輕鬆自在，不見一滴汗水。

長劍已經收回鞘中，她站在那裡，簡直就像什麼事都沒有發生一樣。

當阿爾斯正尋思該說些什麼時，獨眼巨人的龐大身體變成一具無聲的屍體，倒在地面上。

不僅是阿爾斯，每個人都看得目瞪口呆。

這就是世界上絕無僅有的【光】。也難怪這種力量會被評為稀世天賦。

「是啊……尤莉亞贏了。」

阿爾斯還處於驚訝之中，勉強擠出了聲音。

難怪她輕易地就答應比賽。擁有那種魔法的話，當然不會認為自己會輸。

「請別忘了，去商業區時要買我喜歡的東西喔。」

阿爾斯現在身無分文。但面對尤莉亞的笑容，他無法說出這件事。

雖然他打算在這次遠征中賺錢，但能讓公主滿意的東西到底要多少錢呢？

（這下虧大了……早知道我就老實地請她讓我看【光】魔法。）

事到如今說這些也無濟於事。為了回本，他決定盡情地在實驗中利用。

「——『光速』。」

廢棄詠唱。魔力量也沒有問題。然而魔法陣沒有出現，並未發生任何變化。

周圍充滿了奇妙的寂靜。

看到了不該看的東西——這種尷尬的沉默支配著這一帶。

尤莉亞朝他微笑，卻為難似地垂著眉角。

艾莎把視線從阿爾斯身上移開，仰望著天空。

「不不不！不是吧，別鬧了。你在做什麼？」

即使在奇怪的氣氛中也不畏懼發言的卡蓮登場了。

「姊姊的『光速』確實很帥氣。可是，那並不是靠模仿就能做到的。而且廢棄詠唱就更不可能。不然你好歹也詠唱一下吧。」

也許他看起來就像是一個孩子在模仿自己崇拜的英雄。

卡蓮的表情溫柔得就像慈母在看著調皮的孩子。

「阿爾斯的天賦是【聽覺】吧。所以我想你沒辦法使用【光】魔法。不是同樣天賦的話就不可能辦到……你懂吧？你應該知道吧？」

卡蓮的反應很正常，這就是世人普遍的常識。

不過，雖然很感謝她意氣風發地破壞了尷尬的氣氛，但阿爾斯還是希望她不要突然用小心翼翼的態度來對待自己。

「話是這麼說，但是我還是想試一試。」

他想知道【聽覺】是分類在哪一個魔法系統裡。

尤莉亞的【光】是白色系，卡蓮的【炎】是紅色系。

由於艾莎是藍髮藍眼，她可能是藍色系的天賦吧。

另外還有橙、黑、綠、黃，所有天賦都會分類成這七種系統。

辨別天賦系統的方法是髮色、瞳色或魔法陣的顏色。

考慮到這一點，阿爾斯有可能是黑色或綠色系，但也有無法斷言的部分。

因此他才想說若是罕見的稀世天賦【光】之魔法，也許會出現什麼反應。

結果並沒有得到他預期的答案。

但是——

「『複聲』。」

只要對尤莉亞使用【聽覺】魔法，他就可以使用其天賦所擁有的魔法。

「——『光速』。」

當阿爾斯唸出魔法名，白色的魔法陣便出現在他的腳下。

緊接著，一種彷彿世界時間靜止的感覺襲向了他。

「哇，這太神奇了……尤莉亞是在這樣的世界裡戰鬥的嗎？」

舉凡從樹枝落下的枯葉、在天空中流動的雲、方才還聞得到的綠葉芳香、風聲——所有的聲音和味道都消失了。獨眼巨人和尤莉亞等人也像是中了『拘束』魔法一樣靜止不動。

「好，我也該動手了。」

阿爾斯開始奔跑，並將魔力注入短劍。

他一邊感受著彷彿自己血液被吸走的感覺，一邊毫不猶豫地揮劍砍向獨眼巨人的腳。雖然有切斷的手感，但獨眼巨人的腳仍連在身體上。

既沒有鮮血噴出，獨眼巨人也未倒下，牠還沒意識到自己被砍了。

「真是奧妙的魔法……不過對身體的負擔挺重的。」

阿爾斯如此總結後，世界的流動迅速回歸。

應該是有限制時間吧。另外他也瞭解到『光速』會消耗大量魔力。

當時間開始流動時，獨眼巨人的腳彈飛出去，哀號聲響徹四周。

阿爾斯伸出手對著垂頭蹲坐在地的獨眼巨人。

「——『龍嘯』。」

綠色的線條在空中縱橫馳騁，描繪出漂亮的圓圈，形成美麗的紋路。

從這個魔法陣當中出現的是一頭用風構築成的巨大龍頭。

龍頭一瞬間就咬碎了獨眼巨人的頭，並把其身體吹得粉碎。

「差不多就這樣吧。」

他順利地用出第一次聽到的魔法『光速』。

但關於【聽覺】到底屬於七種系統中哪一種，他還是沒有得到確證。

「等回到魔法都市後，再讀一些舊文獻看看好了……說不定過去也有同樣的使用者。」

只有自己一人——這麼認定太草率了。即使過去曾有【聽覺】的持有者，也可能只是默默無名地埋沒在歷史中。

「另外我也得多做各種嘗試才行。畢竟也有【聽覺】無法使用的魔法。」

他覺得自己最好在這次遠征裡確認一下被幽禁時學到的魔法是否都能使用。如果是對上像獨眼巨人這種破綻很多的敵人還沒問題，但要是遇到分秒必爭的緊迫情況，魔法沒有發動會很致命。

「等等，你很厲害嘛！那是怎麼做到的？」

阿爾斯聽到卡蓮忽然驚呼，接著他的後背就遭她猛力一拍。

「咕哇!?」

「啊，對不起。因為我太驚訝，忍不住就用力了。」

「阿爾斯，你沒事吧!?」

阿爾斯因劇痛而身體向後彎曲，尤莉亞跑過來撫摸他的背。

「卡蓮，妳在做什麼！」

「不是，因為他用了姊姊的魔法……我只是不小心把驚訝表現在動作上。」

「妳因為天賦影響而力氣特別大，所以我從以前就告訴妳要學會控制吧！」

「啊～真的是這樣……我有時會忘記。不過『火力』在戰鬥時很方便啦。」

由於天賦的影響，有些人會獲得比一般人更優異的能力。

例如，阿爾斯的【聽覺】是『聽力』，他連幾公里外針落地的聲音都能聽見。

而卡蓮所持有的【炎】則是『火力』，具有提升身體能力的效果，其中也包括力量。

「真是的……向阿爾斯道歉吧。」

「是～……我知道了。」

因為遭姊姊責問，卡蓮垂頭喪氣。

「阿爾斯，對不起。還會痛嗎？」

卡蓮老實聽從了姊姊的話，一邊撫摸著阿爾斯的背，一邊窺視著他的臉。

「沒、沒事，我已經不要緊了。」

阿爾斯有生以來第一次體驗到什麼叫做劇痛。

即使是父親對他實行的『魔法開發』，也沒痛到這種程度——應該吧。

幸好這巴掌是拍在背部，如果是拍在後腦勺，他可能會直接昏過去。

「我得到了寶貴的經驗。即使是普通的巴掌，只要練到極致，也可以發揮出那種威力。」

「我並沒特別練過，這是受到天賦的影響……總之，真的很對不起。」

「不會，別放在心上。話說回來，妳剛才想問什麼？」

「啊～……嗯，藉此機會我想問你，為什麼你能使用別人的魔法？」

「卡蓮，對人這樣刨根問底不好。」

尤莉亞斥責卡蓮，但她的眼底也閃耀著掩飾不住的好奇光芒。

「沒關係，反正遲早會被人知道，也沒什麼好隱瞞的。在【聽覺】中有一種叫做『複聲』的魔法，只要施展它，我就能使用跟施法對象一樣的魔法。」

聽取詠唱內容、調節魔力量、對方要在附近……這些就是條件。

雖然還有其他幾個條件，但因為解釋起來很麻煩，他決定省略不說。

「原來剛才那個魔法效果是這樣啊。」

尤莉亞雙手一拍，一臉恍然大悟的模樣。

「那是什麼啊……會不會太方便了？」

卡蓮打從心底羨慕地看著阿爾斯，但她隨即察覺到一件事，大聲嚷嚷起來。

「啊！所以你是為了看姊姊的魔法，才說要跟她比賽嗎!?」

「嗯……說起來就是這樣吧。感覺像是騙了妳，真是不好意思。」

他向尤莉亞道歉，她微笑著搖了搖頭。

「不，如果有幫上你的忙就好了。而且還可以一起去逛街，你不用道歉也沒關係。」

她如此溫柔善良，天賦又是【光】，簡直就像是『聖女』般的存在。

阿爾斯這時忽然想起一件事，感到有點憂心。

（對了……敵人可能不僅僅是亞斯帝國。）

聖法教會——收集白色系天賦的國家。

由精靈族統治，擁有足以跟魔法協會匹敵的實力。

如果他們發現尤莉亞的存在，可能會遠比亞斯帝國還要棘手。

＊

阿爾斯一行人討伐獨眼巨人後，繼續在沒有道路的路上向前走。

大陸北部——『失落大地』是由嚴酷的環境所構成。

每往前踏出一步，有時冷雨紛飛，有時雪花飛舞，有時甚至遭到冰雹襲擊。

明明之前都還是平原，之後卻一下子迷失在森林裡，一下子遇到沼澤地，讓人失去方向感。這裡的地形起伏不定，氣候也變幻莫測，對人類來說是難以生存的土地。

但是，用雙腳去征服它的亦是人類。

「敵人過去了！」

對卡蓮的聲音迅速做出反應的人是尤莉亞。

「疾！」

在她拔劍的瞬間，逼近她的蠍尾獅便被切成兩半。

蠍尾獅——這是一種有著人臉和獅子身體的魔物。

牠們喜歡吃人類的內臟，但因為沒有獠牙，所以會以利爪撕開腹部來吞食。

雖然牠們沒有獠牙，卻長著類似人類的牙齒。這屬於採集對象，經常會被重新利用於補牙或製作假牙，也被用來當成牙膏的原料。

「動作不怎麼敏捷呢。」

只要小心提防其利爪就行了。

阿爾斯利用【聽覺】聽音辨位，閃躲著攻擊。

他接近了打算展開下一波攻擊的蠍尾獅——

「『聽診』。」

一使用魔法，蠍尾獅的情報便震動了他的鼓膜。

蠍尾獅的身體構造轉化為影像，浮現在他的腦海中。

他從中找出其要害，刺入短劍。

這個動作毫無技巧可言，也沒有任何鑽研武術與累積訓練的痕跡。

看起來就只是一個外行人向前刺出刀刃。

不過，短劍卻輕而易舉地就撕裂皮膚並刺進肉中，劍鋒直入要害，斷絕了蠍尾獅的性命。

「阿爾斯，做的漂亮！皮也能可以賣，盡量保持完好！」

卡蓮稱讚阿爾斯後，伸出食指指向尤莉亞。

「問題是姊姊！我說啊，要是將牠切成兩半的話皮就沒用了，所以希望妳盡可能砍牠的頭。姊姊真的在奇怪的方面笨手笨腳呢。」

「嗚嗚……我很擅長做點心。所以，我沒有笨手笨腳！」

「好～不用辯解。這種事習慣了就會上手，妳持續打倒牠們就對了。」

「我、我知道了。下次一定要砍頭！」

「但不愧是姊姊呢。真是漂亮的劍術。雖然皮沒用了，但蠍尾獅的牙齒還可以用，魔石好像也沒有壞，所以妳別覺得氣餒。」

魔物的心臟附近存在著魔石。

聽說愈是強大的魔物，魔石就會愈大顆，其價值取決於其透明度與大小。

魔石的用途五花八門，可以用來製作武具、清潔劑等物品，或是成為日常的動力源，是維持生活運作所不可缺少的東西，但最常運用在賦予魔法上。

要對魔石賦予魔法，必須拜託持有【賦予】天賦的魔導師。

被賦予魔法後的魔石，會更名為魔法石。

不過，如果有想要賦予的魔法，就必須要持有該天賦的魔導師提供協助，所以被賦予珍貴魔法的魔法石十分昂貴。

但是，魔法石並不是能永久使用的——不是想用幾次就能用幾次。

根據【賦予】魔導師的力量，也有可能用一次就壞或是沒有效果。

「這樣就全解決了嗎？」

阿爾斯四下張望，大家已經開始從蠍尾獅身上回收素材。

「很難說。我們還沒看到公蠍尾獅。」

「這是……母的……母的嗎？」

聽到卡蓮指出這點，阿爾斯端詳了一下倒在腳邊的蠍尾獅的臉，但老實說，他分不清楚牠到底是公是母。

「牠的眼型圓潤，睫毛也很長，我想這就是區分的要點吧？」

尤莉亞彎下腰，在阿爾斯旁邊一起觀察蠍尾獅的臉。

「姊姊，完全不對。蠍尾獅的臉都一樣。不一樣的是體型。公蠍尾獅的身體比雌性大了三倍左右。」

「那麼，公的還沒出來嗎？」

他用【聽覺】搜索氣息，但附近並無類似的魔物。

「公蠍尾獅生性膽小，狩獵交給雌性，只有在保護族群時才會出現，但那僅限於同族相爭的情況，要是遇到人類的話就會不肯現身。」

「聽妳的口氣，牠們的素材好像挺值錢的。」

「是啊。一張毛皮就值五十枚的亞斯帝國金幣。而且牠們牙齒還是純金的，如果沒有缺口，應該價值超過兩百枚帝國金幣吧。」

「既然這麼值錢，要不要找一下？」

「不，牠們應該已經逃很遠了——而且公蠍尾獅雖然膽小，但遠比母的還強得多。時候也不早了，只能放棄了。」

卡蓮抬頭望向天空，瞇起眼睛看著逐漸西沉的太陽。

「天快黑了，今天就搭建營地休息吧。」

卡蓮留下這句話後，就走向了正在指揮舒勒們的艾莎。

營地決定搭建在視野開闊的平原上。

這是因為如果留在狩獵蠍尾獅的地點，血的味道有可能會引來其他魔物。再加上蠍尾獅群並沒有全滅，考慮到牠們可能會趁著夜色偷襲，所以還是決定遠離該處會比較安全。

負責建造營地的是擁有橙色系【泥土】天賦的舒勒們。

他們巧妙地操縱魔法，疊高土牆，在四周築起了防禦牆。

在防禦牆內搭起帳篷並點燃火把後，其景象看起來就是要塞。

「即使遇到襲擊，只要牆壁受到攻擊就會感應到嗎？」

一觸摸土牆便感受到強烈的魔力。假如牆壁遭到攻擊，製作者會立刻察覺。

「阿爾斯，晚飯已經做好了喔。」

他聞聲回頭一看，尤莉亞站在月光之下，銀髮散發著柔和的光芒。

「知道了。今天不知道是什麼菜色？」

「今天似乎是艾莎負責做飯，應該很值得期待。」

「真讓人雀躍啊。」

當他和尤莉亞一同來到眾人聚集處時，話題人物的艾莎正在分配餐點。

「請用。這是全配料蓋飯，希望符合您的口味。」

大碗米飯上頭放著滿滿的酥炸肉排。

「哇，這看起來很好吃。」

「我吃得完嗎……」

「吃不完也沒關係。如果是尤莉亞大人的剩飯，會有人感激涕零地吃掉。」

尤莉亞不安地表示，艾莎則一本正經地斷言。

肯定會變成一場爭奪戰。因為聽到艾莎的話後，好幾個人的視線都集中到尤莉亞的碗裡。

雖然主要是男性，但目光最炙熱的是卡蓮。

因為讓食物冷掉也很可惜，他們閒聊了幾句後就開始吃飯。

雖然不知道是什麼肉，但託麵衣的福很有口感，而且極為美味，入口即化。

「艾莎，非常好吃。這是什麼肉？」

聽到尤莉亞的問題，正在用餐的艾莎停下了手邊動作。

「這是將蠍尾獅的肉跟血一同燉煮，再裹上用香草蒸過的巨魔脂肪後油炸而成的。最後將獨眼巨人的眼球玻璃體榨出汁來，淋上去就完成了。順帶一提，蠍尾獅的頭部很受獸人與一部分人的歡迎，很少有機會能吃到。其腦漿的風味最濃厚，堪稱絕品美味。」

幾名女舒勒和一些男人把飯噴了出來。

這段話似乎是震撼性發言，幾名女性站起來逼近了艾莎。

『艾莎小姐，妳在想什麼啊！』

『我吃了一堆耶。要是有奇怪的寄生蟲怎麼辦？』

「我覺得沒問題。我認識的獸人聽說也經常吃魔物。」

『我們是人類！不要跟那種擁有鐵胃的種族混為一談！』

「但是，就那樣扔掉也太可惜了。而且很好吃吧？」

『雖然是很好吃啦……』

「那就沒問題了。據說有位偉大的獸人曾說過，好吃的東西不會有毒。」

『那不也是獸人嘛！種族！我們的種族不同！』

「在意這種小事的話，會無法在『失落大地』裡生存下去喔。」

『嗚嗚，才不是小事。這關乎到性命，是最重要的部分。』

她們在爭論不休的同時，也散發出幾分歡快的氣氛。

由於沒有任何人阻止，這可能是常見的景象。

而且如果阿爾斯沒有記錯，那位偉大的獸人應該就是吃了魔物肉而中毒，一邊喊著好吃一邊斷氣的。

「阿爾斯，沒想到那種魔物可以變得這麼好吃呢。」

「是啊……話說妳已經吃完了？」

被尤莉亞搭話的阿爾斯看向她的碗，發現已經碗底朝天，連一粒米都不剩。

「非常好吃。」

「那真是太好了。」

他將視線從露出滿足微笑的尤莉亞身上移開，無意間看向了卡蓮。只見她一臉惋惜地看著姊姊將飯吃得精光。從空空的碗來看，她好像也全吃完了。

一方是對艾莎進行追問的女性們，另一方是以公主身分長大的姊妹倆。

兩相對比，阿爾斯已經搞不懂到底哪一方才是本來應有的樣子了。

吃完飯後，女性們感情融洽地一起去洗澡。

聽說是連同營地圍牆一起建造了浴室，然後用魔法將水跟火組合起來，就完成了熱水。所以，現場只剩下清一色的男性，當阿爾斯注意到時，男舒勒們已經集合在他的身邊。

「阿爾斯先生，聽說你看到艾莎小姐和尤莉亞大人的裸體了。」

一個叫班茲的男人身上散發著酒味，在他身邊坐下。

「你從誰那裡聽來的？」

「從萊勒那裡聽說的。所以真有這回事嗎？」

萊勒指的是公會會長，也就是說消息來源是卡蓮。

以卡蓮的個性，肯定是說得繪聲繪影吧。

「嗯，是啊，全身每個角落我都看過了，這怎麼了嗎？」

聽到阿爾斯的回答，周圍一片譁然。

「太強了吧……你是真男人。」

「對啊，我是男的。一看就知道了吧。」

「不……那個我知道……阿爾斯先生你真有趣！」

阿爾斯只是點頭承認理所當然的事，完全搞不懂這有趣在哪裡。

而且他們個個都鼻息急促，也許是喝了酒的緣故，感覺身體還熱呼呼的，讓阿爾斯感到有些厭煩。

「所以怎麼樣？」

「什麼東西怎麼樣？」

「阿爾斯先生，你真會吊人胃口。當然是感想啊！那個艾莎小姐的身……哇!?」

不斷逼近的班茲突然從眼前消失了。

阿爾斯看著班茲在地面上不停翻滾，一路滾到了火把亮光照不到的地方，才終於將視線移到了將他踢飛的犯人身上。

「艾莎，妳不是去洗澡了嗎？」

「不知為何有種不好的預感——因為卡蓮大人說了些奇怪的話，所以我來確認一下。」

「這樣啊……妳沒擦乾身體就過來了嗎？這邊沒問題，要不妳回去吧？」

難得看到艾莎的呼吸這麼急促，可能是太急著過來了，她的頭髮仍溼答答的，身上雖然穿著衣服，但看起來就像被雨淋過。

阿爾斯拿出毛巾，幫她擦掉臉頰上流下的水珠。

「…………您這是做什麼？」

「一直溼答答的話會很不舒服吧。」

「謝、謝謝您。」

「別客氣。總比感冒來得好。」

阿爾斯幫滿臉通紅的艾莎擦拭脖子，露出了微笑。

「不過比起用擦的，我覺得妳還是重新去洗澡比較好。」

「您、您說的對。那我就——」

艾莎的話音戛然而止。因為阿爾斯的手和毛巾一起侵入了她的胸口。

艾莎一臉愣怔地讓他擦拭，但突如其來的刺激對於沒有穿內衣的肌膚來說太強烈了，從她嬌豔的嘴唇漏出一聲細不可聞的喘息。

就在那一瞬間——阿爾斯的手臂被一股驚人的力量抓住了。

「那個，阿爾斯先生……我很感激您的體貼，不過周圍還有其他人在看，所以您不必擦那種地方。何況您用那種姿勢也很難擦吧。」

阿爾斯肘部朝天，傾斜著手臂，把手伸進艾莎衣服的縫隙裡。

幸虧毛巾很大條，而且阿爾斯的背部也擋住了視線，從周圍看不見艾莎的肌膚。不過，阿爾斯想必是盡收眼底，因為他正凝視著她的胸口，拉開貼在她肌膚上的溼衣服。

「光著身體確實會比較好擦。那妳就在那邊脫掉衣服吧。」

阿爾斯指向帳篷，艾莎差一點就點頭，隨後慌忙搖頭。

「不、不用，我要回去洗澡了。還有，那不是可以爽朗地笑著說的話。」

艾莎動作輕柔地將阿爾斯的手從胸前拉開。

「毛巾我會洗好再歸還。」

要是試圖拔出毛巾的話，含有水分的衣服襯裡會和毛巾一起跑出來。換句話說，衣服會向外翻而暴露出肌膚。

「是嗎？那就拜託妳了。」

看著他們兩人的互動，舒勒們流下滂沱的淚水。

『我們的艾莎小姐……沒想到已經進展到那種地步了。』

『阿爾斯先生……不，阿爾斯老師太厲害了。居然能擄獲艾莎小姐的芳心。兩大美少女那邊也很可疑。真希望他能傳授一下訣竅。』

『才相遇兩天就讓艾莎小姐……太可惡了！』

舒勒們像自暴自棄般地不停灌著啤酒。

艾莎冷淡的目光落在了造成這種情況的這群人身上。

「你們應該要去巡邏吧？別喝了，快去。」

『好、好的！』

『喂、喂，我們走！』

在極度冰冷的視線下，舒勒們朝著四面八方一哄而散。

艾莎目送他們離去後，再次轉向阿爾斯。

「我去重新洗個澡。阿爾斯先生接下來應該要去守夜吧？」

「是啊，所以今天不能跟妳一起洗澡。真是不好意思。」

「請不要講得好像我們總是一起洗澡的樣子。」

在夜風吹拂下逐漸變冷的肌膚，以及舒勒們窺探隱私的行動，這些有的沒的事情累積起來的結果，使她以冷漠的態度做出了回答。

不過，艾莎說完後似乎也意識到這件事，她清了一下嗓子，再度開口：

「啊，希望您別誤會，我並不是覺得討厭。因為我們已經是坦誠相見過的關係了，只是必須做好心理準備。畢竟在遠征中共浴的話，還得在意其他人的目光，位居指揮地位的我如果做出那種輕浮行動，會無法作為表率。」

艾莎慌忙掩飾，眼神因為動搖而激烈地游移不定。

阿爾斯朝她露出了純真無邪的笑容。

「我知道了。既然妳都這麼說了，回到總部後再一起洗吧。我幫妳搓背。」

阿爾斯似乎並未放在心上，神情自若地說道。

艾莎鬆了一口氣，不過她想起了自己被迫許下奇怪承諾的事情。

說起來，她也不明白為何會變成好像是自己懇求的形式。

但是，她也記取了剛才的教訓，在腦海中慎重地選擇措詞並開口道：

「阿爾斯先生……我發現您的知識在很多方面都出奇地偏頗。如果您不掌握正確的知識，總有一天會讓女性哭泣的——即使是尤莉亞大人的事也不例外。無法承擔責任的男人必須切腹自盡。請您聽好了，首先應該從男女之間的區別開始瞭解——哈啾！」

那是一個非常可愛的噴嚏。

要說意外是挺意外的，但倒也不會讓人感覺不適合她。

「下次再請教妳吧。妳現在最好回去重新洗個澡。」

「……說的也是。包括將來的事情在內都留到之後再談吧。再這樣下去，可能會影響到明天的狀態。」

看來即使是出浴後受涼或感冒，她只要一提到洗澡就會喋喋不休。

應該是熱愛洗澡到不可自拔的程度吧。阿爾斯覺得這樣的她非常可愛。

不過艾莎似乎不喜歡阿爾斯的這種態度，她擺出了一張苦瓜臉。

「我期待著您那張笑嘻嘻的臉染上羞恥的那一天。」

「哦、哦？雖然不太明白妳的意思，但我也很期待。」

「那我就告辭了。」

艾莎微微鞠躬後，轉身走向浴室。

阿爾斯目送她離開，開始朝土牆走去。

他打開設置在牆上的門，凝視著被黑暗籠罩的平原。

「我就覺得有種奇怪的感覺。」

阿爾斯在黑暗中毫不猶豫地前進，接著忽然朝天空伸出手臂。

「『衝擊』。」

他剛唸出魔法名，一隻身體開了洞的蠍尾獅就從夜色中掉了下來。

「是來尋仇的，還是來自別的族群？」

樹叢中猛然躍出一隻蠍尾獅，阿爾斯拔出短劍一揮，經過魔力提升鋒利度的劍刃便砍落了其頭顱。

「還有九隻——被包圍了嗎？……不過，最好別以為這樣就佔了上風。」

即使在黑暗中，阿爾斯也能聆聽周圍的聲音，準確地把握魔物的數量。

「『聲東擊西』。」

這是『衝擊』的上級魔法，綠色鑲邊的複雜紋路交織在一起，在空中形成魔法陣。

一陣微風吹拂而過，彷彿在平靜而溫柔地撫摸著臉頰。

然而，其中所蘊藏的陰森殺意卻非比尋常。

阿爾斯的周圍接連響起重物倒地的聲音，這麼一來就已盡數殲滅。

不對——

「我聽說公蠍尾獅很膽小……不過你倒是沒逃跑呢。」

躲在雲後的月亮露出了臉。

月光照耀著平原，讓魔物的身影從黑暗中浮現出來。

那是一隻雄性蠍尾獅，龐大的身軀大概有雌性的三倍大。

牠擁有獅子的身體，跟人類相似的臉孔浮在黑暗中，模樣令人毛骨悚然。

其臉龐如亡靈般慘白，嘴角彎成弧線，露出金牙。

「我勸你最好別打擾到女性們洗澡。因為浴室好像是療癒的空間。」

阿爾斯雙手握緊短劍，嘴角勾成一彎新月。

「所以，讓我們安靜地戰鬥吧。」

他的笑容更增幾分魄力，令人膽寒的氣息向四周蔓延。

月亮再次躲進雲後，薄弱的光照就此告終，讓黑夜取得了支配權。

浮現在濃烈夜色中的那張蒼白人臉，融於黑暗中消失不見。

蠍尾獅已經準備好發動攻擊。

阿爾斯集中精神。他側耳傾聽，依靠【聽覺】搜尋蠍尾獅的位置。

他以迅雷不及掩耳的速度揮動手臂，進行斬擊——接著響起了慘叫聲。

蠍尾獅的臉上被短劍淺淺地劃出了一道傷口。

臉頰受傷的蠍尾獅一臉怨恨地再次退回黑暗的世界。

「喂喂，又躲起來了嗎？膽小也要有個限度吧？」

阿爾斯解開架勢，張開雙臂，展現出一副不抵抗的模樣。

「膽小的蠍尾獅王，讓我好好體會你的力量吧。」

語氣愉快地說完後，阿爾斯便受到一股巨大衝擊，將他狠狠地摔在地上。

他立刻用手撐地起身，一邊拍掉衣服上的灰塵，一邊檢查身體的狀態。

「看來防禦力堪比祕銀這話倒也不假。」

照卡蓮的說明，便服的魔力傳導率僅次於長袍，如果是擅長魔力操作者，堅韌度能跟祕銀匹敵。但這也是因為鍛造師有本事，所以他對製造這件便服的人物產生了興趣。

「雖然沒有卡蓮的巴掌那麼痛，但還是有點疼。是它本來就無法完全防止衝擊嗎？還是應該進一步提高魔力的品質？」

阿爾斯反覆思索，腦中靈光一閃，抬起頭來。

「再來一次攻擊吧。我有想要嘗試的事。」

雖然不知道是否能將意思傳達出去，但阿爾斯露出挑釁的笑容，朝蠍尾獅所在方向伸出手，動了動手指要牠放馬過來。

比剛才更迅速、破壞力更驚人的衝擊從側邊朝他猛然襲來。

然而，阿爾斯卻泰然自若地站在原地。

這是因為阿爾斯用【聽覺】察覺到攻擊後，事先將魔力集中到受襲部位。

「魔力消耗很激烈……不過這個方法好像沒問題。」

尖爪刺進了便服裡，但並未造成任何破損。

受到兩次攻擊仍完好無傷。關於便服的耐久性也得到了滿意的結果

「聽說獸人能將這個技巧直接運用在皮膚上，太犯規了吧——不對，人類也能用嗎？在這裡實驗也行，不過還是找個比這傢伙更強的對手再試吧……」

公蠍尾獅比阿爾斯預想的還弱得多。若只有這種程度的力量，就無法期待得到更多的成果了吧。阿爾斯打從心底感到失望似地嘆了一口氣。

「本來抱著很大的期待……不過我不覺得牠有強到會讓卡蓮警戒的程度。莫非牠不是公的嗎？還是有個體差異呢？」

阿爾斯差點就陷入沉思，但他察覺到殺氣後，想起了現在是怎樣的狀況。

「抱歉忽略了你。這和我聽說的不一樣。我覺得有點困惑。」

蠍尾獅從黑暗中窺視阿爾斯的情況，由於兩次攻擊都以失敗告終，牠似乎變得謹慎了起來。

「你也等膩了吧？差不多該陪你了。」

他的話語中帶著淡淡的殺氣——聲音中夾雜著明確的殺意。

在黑暗中，蠍尾獅的巨軀因恐懼而顫抖。

蠍尾獅所選擇的行動是逃跑。

面對這樣一個無法戰勝的對手、力量遠超過自己的生物，野性的本能讓牠選擇了逃跑。

公蠍尾獅是膽小的魔物，智商也很高，本來就不會挑戰打不贏的對手。

但是，族群被毀的憤怒、遭到破壞的地盤，以及作為族群首領的驕傲，這些因素點燃了蠍尾獅的鬥爭本能。

不過，那也只維持到得知阿爾斯的實力為止，牠現在不存在那種自尊心。

只是為了活命而一心一意地逃跑。

「『混濁』。」

蠍尾獅那巨大的身軀，以及其出類拔萃的驚人腳力都突然失去控制。

即使發出咆哮也沒用，就算把全身力量集中於腳上也一步都動不了。

失去平衡感的公蠍尾獅倒在地上，但還是不停掙扎。

然而，這一切都是徒勞。即使如此，牠仍努力掙扎求生。

直到他來為止——

「抱歉了。聽說你的素材可以賣到好價錢。我希望盡可能不傷到你。」

他的聲音溫柔到讓人毛骨悚然，即便蠍尾獅無法理解語言的意思，牠還是領悟到自己的死期。

所以，牠停止再做難看的掙扎。

就像是平原的王者一般，牠威風凜凜地等候著獵人。

王者空洞的雙眼仰望著俯瞰自己的阿爾斯。

「你接受死亡了嗎？不愧是族群首領，態度乾脆俐落。我會讓你毫無痛苦地沉睡。」

阿爾斯將指尖指向蠍尾獅。

「『死亡之音』。」

僅此一個動作，蠍尾獅就像睡著一樣停止了呼吸。

「該怎麼搬運呢……」

就這樣放著不管的話，會被其他的魔物吃掉。

看來只能回營地帶人手過來了。

但就在這時，他聽到聲音轉過頭，從營地的方向看到了好幾支火把的亮光。

「阿爾斯！你沒事吧？」

最先出現是尤莉亞。也許是因為擔心，她的臉色非常蒼白，但看到阿爾斯平安無事後似乎感到放下心來，一隻手放在胸前開始調整呼吸。

『蠍尾獅！小心一點，說不定還有別隻。』

『這群傢伙跟蹤我們嗎？』

追上尤莉亞的舒勒們看到蠍尾獅的屍體後大吃一驚。

等場面稍微平靜下來後，阿爾斯開口了。

「尤莉亞為什麼會在這裡？」

「因為蠍尾獅的吼叫聲傳到了營地裡……」

「啊……原來如此。」

阿爾斯搔著後腦勺苦笑。他從途中就忘了要安靜打倒的這件事。

「咦？這不是公蠍尾獅嗎？」

阿爾斯順著聲音看過去，卡蓮正彎著腰端詳著公蠍尾獅，驚訝地瞪大眼睛。

「我感受到奇怪的氣息，所以出來查看，結果就被這傢伙襲擊了。」

「哦～而且還隻身擊退牠嗎……你總是會做出令人難以置信的事呢。」

「比起那個，你有沒有受傷？」

尤莉亞用纖細的手指撫摸著阿爾斯的身體，在火把的亮光下檢查著他有無受傷。因為她將被夜風吹涼的手從衣縫中探進去，冰涼的觸感使他肩膀一跳。接著一陣搔癢感襲來，他忍不住扭動了一下。

「不、不好了！你的肩膀有瘀傷！」

「不，尤莉亞，妳冷靜點。這種程度不要緊。」

想必是受到公蠍尾獅第一次攻擊時所形成的瘀傷吧。

「治癒師，馬上進行治療！」

「姊姊真是過度保護耶～那種程度的話，沾點口水就能治好啦。姊姊幫他舔一下不就好了嗎？」

「卡蓮，現在不是開玩笑的時候。我的口水根本沒有治療效果。即使只是瘀傷，放著不管也會變成大問題。」

姊妹倆開始爭論起來，不過在白熱化之前，一名女性治癒師來了。

『我來了～尤莉亞大人，有何吩咐？』

「阿爾斯的肩膀上有瘀傷，能請妳幫他治療一下嗎？」

「明白了。讓我看看～……啊，嗯。大概是小指那麼大的瘀傷呢。」

「會、會痊癒嗎？」

『那是當然，如果是這個程度，我想應該過兩三天就會完全消失了。』

「竟然要兩三天嗎？那真是太糟糕了。請馬上幫他施展治癒魔法。」

『不，我認為沒有必要——』

「請馬上幫他施展治癒魔法。」

『呃，所以說沒有必要——』

「請幫他治療。」

女治療師從尤莉亞身上感受到一股謎樣的壓力，挺直腰桿向她敬禮。

『——是，我會傾盡全力治療的！』

「不好意思。」

阿爾斯對著女治療師苦笑了一下，她聳了聳肩膀。

「請別介意。今天已經不會再有戰鬥了，消耗魔力也沒有問題。」

女治癒師把手按在他瘀傷的部位。

『離去之風，遠去之雲，汝乃嘆息痛苦者，吾乃緩解苦痛者。』

女治癒師的手上出現了一個小小的白色魔法陣。

『是故我願——「治癒」。』

「真是厲害呢。」

小指大小的瘀青一瞬間變為膚色，疼痛的感覺也消失了。

『這種程度輕而易舉。但要是沒有保留原形的話，就難以回天了。』

「是這樣嗎？我還以為連瀕死狀態也能恢復呢。因為有『萬靈藥』之類的東西，我以為用魔法也能做到。」

阿爾斯說完後，女治療師的表情先是愣了一下，然後愉快地笑了。

『哈哈哈，阿爾斯先生真是個有趣的人。瀕死的話，就算用「萬靈藥」也救不回來。更別說是魔法，那是絕對不可能的事。如果真有那種魔法，那應該是諸神的領域吧。而且即使有那種魔法，憑人類的魔力也無法使用。就連魔王和聖天也辦不到這麼不合理的要求喔。』
女治癒師開懷地笑著，拍了拍阿爾斯的肩膀進行最後檢查。
『好，這樣就不要緊了。還有其他會痛的地方嗎？』
「沒有，都很好。謝謝妳的幫助。」
『不必客氣。那我要先離開了，有什麼事的話隨時可以找我。』
「辛苦妳了。」
尤莉亞在最後向她道謝。治癒師前腳剛走，艾莎後腳就從黑暗中出現了。
「卡蓮大人，有十具母蠍尾獅的屍體，您打算怎麼處理？」
「嗯～讓我想想。就這樣放著不管也很危險呢～」
卡蓮原本正在確認公蠍尾獅，聽到艾莎的話後抬起了臉。
就在她們倆正交談之際，一旁的阿爾斯忽然一把抱住了尤莉亞。
「哇……阿、阿爾斯？突然是怎麼了？」
「沒事的，別動。」
阿爾斯說完後，左手摟住尤莉亞的腰，讓彼此身體更為緊貼。
「欸、欸？」
尤莉亞愣怔的聲音被風吹散，阿爾斯用右手臂環住她的後背，靈巧地捲起她的裙子，把手伸了進去。

「嗯……啊，那個，一定要在這裡嗎？至少換個別的地方——!?」

儘管尤莉亞提出了疑問，但由於絕對領域被入侵，聲音中夾雜著些許嬌豔。

雖然感到困惑也沒有抵抗，是因為她充分信任阿爾斯吧。

阿爾斯的手腕像撫摸著尤莉亞的大腿一樣游移著，在這期間他的手也持續尋找著目標物。甜美的喘息聲傳到了阿爾斯的耳邊，但他仍不為所動。

「欸……你到底在做什麼？」

在卡蓮目瞪口呆的同時，艾莎也愕然地伸手遮住自己的眼睛。然而不知道是否屈服於好奇心，那雙藍色眼睛從指縫間窺視著他們。

「找到了。尤莉亞，這個借我一下。」

阿爾斯一把握住目標物——飛苦無，便以迅雷不及掩耳的速度揮動手臂。

從他手中扔出的暗器消失在黑暗之中。

緊接著便響起某種重物倒地的聲音。

『哇!?這傢伙還活著……咦？死掉了？為什麼？』

『喂，不要在沒有照明的情況下隨便靠近啊。』

『蠍尾獅很擅長裝死，所以要注意……』

舒勒們的交談聲隨風傳到耳裡。

在千鈞一髮之際化解危機，阿爾斯安心地吐出了一口氣。

「只有一隻沒有確實解決。不過，妳不覺得我意外地丟得還不錯嗎？」

阿爾斯用純真的笑容對尤莉亞表示，她對他投去帶著些許無奈的眼神。

「……既然是這樣的話，你應該直接告訴我。我不會拒絕你，所以希望你可以事先跟我說一聲。」

「因為舒勒好像沒注意到，我才想說動作得快點。」

阿爾斯想起自己還抱著尤莉亞，鬆手放開她

尤莉亞一邊整理著凌亂的裙子，一邊歪頭疑惑道：

「不過，你是怎麼發現我在裙子底下藏著武器的？」

「因為我『耳朵好』嘛。聽到摩擦聲就知道妳藏著武器。」

「原來如此……確實是這樣。那我之後再告訴你武器的配備位置。憑直覺可能會受傷，所以掌握武器放在哪裡是很重要的。」

「如果妳今後也允許我用的話，之後讓我看一下會很有幫助。」

「那我稍後再給你看。還有卡蓮，徹底檢查蠍尾獅的生死或許會比較好。」

尤莉亞用冷靜沉著的聲音報告道，彷彿剛才發生的事情都是假象。

「我明白了。唉，雖然不曉得他們兩個是天然呆還是怎樣，但真的讓人看得提心吊擔耶。」

卡蓮疲憊地垂下肩膀，深深地嘆了口氣，調整心情。

「……放著屍體不管的話會引來魔物，而且被吃掉也很可惜。」

「那就只能運回營地了。」

「艾莎說的沒錯。來吧，你們幾個別愣在那裡，把牠們搬回營地裡解體。」

舒勒等人原本正在確認蠍尾獅的屍體，聽到卡蓮的話後，主要是女性成員發出了不滿的抗議聲。

『咦～……我們剛洗完澡欸。』

『熬夜會讓人家的皮膚變粗糙。』

「好好好，別抱怨了。晚一點再重新洗澡吧。而且努力的話我會增加妳們酬勞，到時候再用那筆錢去買護膚產品吧。」

卡蓮拍手催促道，女性們這才不情不願地開始準備搬運蠍尾獅。

「不過話說回來，阿爾斯，你又立下大功一件了。居然能獨自一個人獵殺公蠍尾獅，實在不簡單。那是連A級魔導師也難以單獨打倒的強敵呢。」

「我覺得並有沒那麼強啊……好吧，我想我只是運氣好。」

阿爾斯還是不習慣被稱讚，他撫摸著左耳的耳環。

尤莉亞眼尖地注意到了他的這個動作。

「當我們一起逃跑的時候也是，阿爾斯總是摸著那個耳環呢。」

「嗯……這有點像是我的習慣。」

正如尤莉亞指出的那樣，阿爾斯本人也有經常觸摸耳環的自覺。

「感覺得到微弱的魔力……那是魔導具嗎？」

「對，雖然沒有什麼效果，但這是我已故母親的遺物。」

當他還年幼時，曾有一段時期很害怕【聽覺】拾取的聲音。

由於阿爾斯遭到幽禁，加上母親體弱多病，母子能見面的日子少之又少。

所以他沒有能求助的對象，天天過著害怕聲音的日子。但母親看了不忍心，便在耳環裡注入魔力，送給阿爾斯作為護身符。

多虧有這個耳環，他覺得母親就在自己的身邊，當他聽到可怕的聲音時，觸摸耳環就能感到安心。從那之後他就養成了習慣，當要讓自己平靜下來時就會去觸摸耳環。

「一定是有效果的。你的母親肯定就在你身邊。因為阿爾斯觸摸耳環時，表情非常溫柔。」

「是嗎？」

雖然尤莉亞這麼說，不過耳環真的沒有任何效果。

即使母親變成幽靈在附近，阿爾斯也絕對不會錯過其『聲音』。所以，就連這個【聽覺】也聽不見的話，母親無疑是已經去了聲音也無法到達的遙遠地方。

儘管如此，尤莉亞的表情看起來不像是在說謊。

她有一種不可思議的力量，讓人感覺那可能是真的。

「如果尤莉亞這麼說，那應該是這樣吧。」

「嗯，因為是我說的，所以不會錯。」

銀白色的頭髮沐浴在月光下，泛著柔和色澤，就像她的笑容一樣閃閃發光。

＊

今天是阿爾斯在『失落大地』展開旅程的第二天。

剛才天空還烏雲密布，黑壓壓的猶如夜幕低垂，但現在天色放晴，強烈的陽光照耀著大地。

在這清爽的空氣中，現在正迎來了午餐時間。

大家各自在喜歡的地點用餐，阿爾斯跟美女姊妹檔以及散發著伶俐氣氛的美女待在一起。

「託阿爾斯先生的福，已經收集到足夠多的素材。可以說已經是超過三天份的成果了。我們要不要回去了？」

卡蓮被艾莎要求做出決定，她停下吃飯的手，將視線投向半空中。

「讓我想想……公蠍尾獅是巨大收穫，蠍尾獅群也全數殲滅，剩下的就是獨眼巨人、巨魔、狗頭人跟半魚人吧。」

卡蓮用手指數著討伐的魔物，將視線移向河邊，剛剛獵殺的半魚人的屍體就倒在河岸邊。

其身上覆有鱗片，呈深綠色，腹部像魚一樣染成白色。

其中也有身上帶著斑點或斑紋的半魚人，乍看就像是一條大魚。

聽說半魚人的顱蓋骨經常被當成吉祥物裝飾，鱗片被用於製作盔甲，魚鰭則很適合當下酒菜。

其肉亦是絕品美味，今天的午飯就是半魚人的生魚片蓋飯。

「行李的裝載量快到極限了嗎？」

卡蓮確認道，艾莎點頭。

「估計再一兩次的狩獵就會裝滿了。」

「那麼就算繼續打獵，也只會浪費素材而已。」

卡蓮交叉雙臂，她那形狀勻稱的雙峰受到擠壓而扭曲，當她低頭思考時，瀏海形成陰影，籠罩在那雙像紅寶石般閃耀的眼睛上。

「嗯，我決定了。吩咐舒勒們，吃完飯就回去。」

「好的，我會告訴其他人。」

艾莎站了起來，立刻去對舒勒們下達指示。

卡蓮目送其背影後，紅色雙眸轉向了阿爾斯他們。

「我想你們應該有聽到要回去了。你們還有什麼事情沒做完的嗎？」

「沒有。我很期待再次來到『失落大地』。」

「嗯，那真是太好了。阿爾斯，你怎麼樣？」

「我也沒問題。我已經確認了不少事情。」

「好，那這次遠征就算大功告成。抱歉必須提前行程，但我們回去吧。」

在阿爾斯他們的周圍，舒勒們已經開始準備踏上歸程。

幾個人正齊心協力地在地面上繪製著魔法陣。

雖然看似塗鴉，卻畫得既細緻又精密，而且深深地滲透入地面。扣除低調刻在草叢陰影處的不協調感，它就如同是一種藝術品。

「……要使用魔法石嗎？」

即使沒有天賦，也有只用魔力來行使魔法的方法。

只要持有【賦予】的魔導師對魔石賦予魔法的話，就算沒有天賦也能行使魔法。但是，像『傳送』這樣的特殊魔法需要魔法陣。

「進入那個魔法陣，使用被賦予『傳送』的魔法石就能回去嗎？」

「是這樣沒錯……但情況有點不一樣。那是為了下次來的時候而畫的。」

傳送用的魔法陣有返回和出發這兩種作用。

不管是返回還是出發，想前往的地點都需要有魔法陣。

留下魔法陣是為了可以從同一個地方再度開始冒險。

「所以魔法陣就類似是出入口吧。」

「為什麼要把魔法陣畫在隱密處？」

尤莉亞提出了疑問。

「那是因為會被後來者破壞。畢竟也有些人想要獨佔獵場，發現其他公會的魔法陣就會動手破壞，這已經變成常識了。」

從卡蓮聳肩嘆氣的反應來看，恐怕她們也曾遇到這樣的事情。

「我有個疑問，這次遠征就算不從龍之城出發也可以吧？」

想必他們並非今天頭一次描繪傳送魔法陣。

照理說每次遠征回程時，應該都會畫下魔法陣。

既然如此，阿爾斯覺得與其像這次一樣從入口出發，倒不如從他們常去的地點開始冒險比較好。

「雖然那樣也行，但姊姊和阿爾斯還是第一次來『失落大地』吧。首先得讓你們瞭解這裡是什麼樣的地方。如果突然帶你們去平時狩獵的地點，萬一發生什麼事豈不是很糟糕嗎？」

「不好意思，讓妳費心了。」

「早就跟你說過不用這麼客氣啦。還有，我先把這個交給你。」

卡蓮拿出埋有魔法石的戒指。

「魔法石裡有『傳送』魔法。戒指上刻著返回目的地的座標。沒有這枚戒指的話魔法陣就不會啟動，這一點要注意喔。」

重新看一眼舒勒們雕刻在地面上的魔法陣，就會發現上頭刻著公會的徽章和座標，還有其他複雜的紋飾。

這是為了只讓持有此戒指者才能使用而下的功夫吧。

「我不屬於你們公會，這樣好嗎？這種東西通常只發給自己人吧？」

「沒關係，包括姊姊和艾莎的事在內，我也給你添了不少麻煩。」

卡蓮說著讓他摸不著頭緒的話，並乾笑了一聲。

＊

——位於亞斯帝國，邊境城市普魯托內的近郊。

奧夫斯・圖・梅根布魯克正騎在馬上搖晃。

在其背後，一萬名騎兵排列成隊，在森嚴的氣氛中向前行進。

精靈族的維爾格騎著馬湊近了板著臉的奧夫斯。

「奧夫斯閣下去過魔法都市嗎？」

「我曾去過幾次。」

映入奧夫斯眼中的，是一座巨塔高聳入雲的景象。

那裡是世界的中心，匯聚各種天賦，充滿了魔法睿智的地方。

不過，對於隸屬於聖法教會者，特別是被稱為聖法十大天的維爾格來說，世人對於魔法協會的評價可不怎麼有趣。

儘管如此，巴比倫塔散發出的威嚴與莊重氣氛，以及在其背景下累積起來的歷史都讓人難以否認。

「那裡真的是另一個世界。維爾格大人曾經去過嗎？」

「很遺憾，基於聖法教會的方針，我從來沒有去過。」

維爾格露出苦笑，但跟其動作與語言相比，他看起來並不怎麼遺憾。

「因為教會一直以來都被魔法協會奪走了重要的事物……如果要造訪魔法都市的話，應該是跟魔王們決一勝負的時候吧。」

「被奪走……那是指魔帝嗎？」

聖法教會和魔法協會的關係很複雜。

兩者的因緣根深蒂固，甚至必須追溯到創立之初。

「在我的面前還無所謂……不過為了您自己著想，在其他聖天的面前最好別用魔帝這個稱呼。」

雖然口氣像是勸告，但維爾格的俊美臉龐上卻流露出無法掩飾的不快。

聖法教會對魔帝的反應大致上都跟維爾格一樣，視這個稱呼為忌諱。

「我會留意的。不過閣下最好還是去一次魔法城市。那裡不愧被稱為世界的中心。當我第一次見到那景象時，真的是大受震撼。」

「原來如此。所以奧夫斯閣下的領地才會跟其他城鎮的構造不同呢。莫非您是參考了魔法都市？」

正如維爾格所說，邊境城市普魯托內是模仿魔法都市所建造的。

但是，理想和現實總是相去甚遠，即使模仿也不代表一定能得到同樣成果。

幽禁阿爾斯的塔正是失敗的象徵，縱使是仿照巴比倫塔而建，成果卻天差地遠。奧夫斯覺得像是被揭穿恥辱，決定趕緊結束這個話題。

「哎，比起那種事，這樣真的沒問題嗎？」

「您意指何事？」

「雖說是亞伯特閣下做出的決定，但他擅自動用了施德公會。如果這個作戰失敗，閣下也會受到指責。」

「不會有那種事。這只是亞伯特閣下的專斷獨行。我會誠心誠意地向皇帝陛下解釋清楚，相信陛下一定能理解的。」

他的那股自信也不知道是從何而來，貼在其臉上的微笑似乎在說奧夫斯的擔心是多餘的。雖然依舊很可疑，但奧夫斯只能相信那句話。

這時，話題人物靠近了他們兩人。

「時間差不多了。如果維爾格閣下的作戰計畫一切順利，尤莉亞公主就會落入我們手中。」

「這一切都取決於『施德公會』的表現。」

維爾格用手抵著下巴露出思索的模樣，繼續說了下去。

「我真的很期待。因為就算使用花招，結果會如何也很難說。」

難得聽到維爾格這麼謙遜的發言，奧夫斯驚訝地眨了眨眼睛。

「閣下的意思是我們會輸嗎？即使有您這位聖天在這裡？」

「我不是說我們會輸……但關於後者，我可以明確告訴您。我也有贏不了的對手。即使被稱為聖法十大天，我的序位也不過是『第九使徒』。只有像這樣在邊境跑腿的實力。」

維爾格眩目般地瞇起眼仰望天空，嘴角揚起笑意。

「即便如此，我也無法抑制自己的好奇心。因為我們要面對兩個傳說。」

「兩個傳說？」

奧夫斯感到疑惑，維爾格一臉愉快地向他解釋。

「我想您應該知道，其中一個是殲滅亞斯帝國第二軍團的『白夜叉』。五萬名士兵的腦袋都被一名可愛的少女連根砍落。雖然絕大多數的士兵們似乎都是無能天賦，但她不愧是白色系，真讓人引以為榮。」

僅僅面對一位魔導師，亞斯帝國就遭受了史無前例的損失。

亞斯帝國的第二軍團確實是毀於一名少女之手，但實際上因為陷入恐慌而自相殘殺的士兵也為數眾多。然而，正因為這個無法掩蓋的事實，尤莉亞公主的存在才會暴露給聖法教會。亞斯帝國因此急著護送她，卻犯下讓尤莉亞公主逃跑的錯誤。

結果，聖法教會開始介入其中，以至於演變成如今這種局面。

「尤莉亞公主雖然一副不諳世事的模樣，實力卻相當堅強。我們的『第一席』親自對付她才勉強取勝，但因為她拚死抵抗，有好幾名擁有【結界】和【封印】魔法的魔導師都變成了廢人。」

亞伯特在馬上巧妙地交叉著雙臂，感觸頗深地點著頭。

「那另一個傳說呢？」

「當然只有『魔法之神髓』。」

維爾格感受著柔和的春風，再次凝視著巴比倫塔。

「畢竟我都來到這種令人作嘔的地方了，希望那會是本人。」

維爾格的聲音低沉到讓奧夫斯背脊發寒，但其臉上卻帶著一抹彷彿在欣賞花草般的溫柔神色。

＊

在〈燈火姊妹〉中，舒勒們正在準備開店。

一個少女正環顧著已經打掃乾淨的店內。

格雷蒂亞擦了擦額頭上的汗，滿意地點了點頭。

「這樣的話，就不會被艾莎小姐責備了。」

一手承擔公會營運跟酒館經營的人是三大幹部之一的艾莎。

她被譽為『維爾特公會』兩大美女之一，是個在各方面都很完美的女性。

尤莉亞和卡蓮雖也容貌出眾，但她們被稱為兩大美少女。

格雷蒂亞雖然不太明白其中的區別，但因為男舒勒們堅持認為這很重要，可能是存在著一種所謂男性視角的無聊評估標準吧。

「說起艾莎小姐，她似乎已經心有所屬了。」

格雷蒂亞對同事的話大感吃驚，一時說不出話來。

艾莎美得毫不遜色於精靈族，但至今卻從未傳過任何緋聞。

她光是走在路上就被搭訕或被求婚的場景也時而可見。

可是，她全部都視若無睹。雖然也有一些變態對於她那無情的態度和冷淡的應對感到很興奮，但艾莎當然一次也沒有接受過。

「妳看，跟尤莉亞大人一起來的阿爾斯先生好像就是她的意中人。」

「那個人……是艾莎小姐的意中人？」

她已經跟阿爾斯見過面了。

因為當初他來酒館時，拿椅子給他坐的人就是格雷蒂亞。

之後雖然只是寒暄幾句，但雙方也交談了幾次，她對阿爾斯的印象並不差。

不過說實話，若談到他是否能配得上艾莎，他身上那股無謂的寒酸感實在太強烈，就現階段而言，格雷蒂亞只能不予置評。

「可是，阿爾斯先生和尤莉亞大人也感情很好吧？」

又有另一名舒勒耳朵很尖，聽到八卦湊了過來。

一旦發生這種情況，喜歡這種話題的人們就會開始聚集起來。

「啊，這麼說起來，艾莎小姐之前好像一臉憂鬱地望著走廊窗外呢。」

「她是不是因為發現尤莉亞大人是情敵而感到煩惱？」

同事們發出興奮的尖叫聲，鼻息粗重地熱烈討論著。

大家都熱愛這類話題。如果對象是艾莎和尤莉亞的話就更不用說了。

格雷蒂亞當然也不討厭，但她覺得從別人那邊聽來的消息不太可靠。

「嗯……那是從誰那裡聽來的？」

「卡蓮大人說的。」

一聽到消息來源，格雷蒂亞瞬間覺得內心平靜無波。

這件事一下子就變得無法相信了。卡蓮有誇大其詞的壞毛病。

雖然應該不全是謊言，但為了內心的平穩，她的話最好不要太當真。

「欸，大家聽我說，遠征組今天要回來了。剛才我收到了他們用『傳達』魔法回報的消息。」

被新同事搭話的格雷蒂亞歪頭困惑。

「……真快啊。是不是發生了什麼事情？」

「他們說結果值得我們期待喔。」

「搞不好是找到了什麼珍貴的魔導具或魔法書呢。」

「……好羨慕啊。我們是負責留守的，所以拿不到酬勞吧。」

男舒勒們聽到對話後也聚集在一起。

就在這時，店門口安裝的鈴鐺突然響了起來。

聽到這熟悉的聲響，所有人的目光都不約而同地集中過去。

「哎～白天真的很熱啊～」

站在門口的是一名不久前才生了小孩而正在休產假的舒勒。

這位豐滿的女性叫做米琪達，擁有標準天賦【料理】，負責酒館的烹飪工作。

她就像是維爾特公會中的膽大媽媽，受到眾人的仰慕。

大家都親切地暱稱她為米琪。

「米琪姊今天怎麼來了？」

「朋友送了我太多蔬菜，所以我帶來分送。大家可以一起吃。不過今天真的好熱啊～」

米琪達把大袋子放在桌上，汗水順著她圓圓的下巴滑落。

「米琪姊，謝謝妳！每一種都看起來很新鮮美味呢。」

格雷蒂亞確認了袋子裡的東西後開口道謝，米琪達快活地笑了。

「不用客氣啦。比起那個，我也差不多要回來工作了，還請大家多關照。」

「那實在是幫了大忙，不過妳還是多休息一下比較好吧？就讓妳老公——班茲先生努力幹活吧。」

「我家那口子啊……因為很弱所以賺不到什麼錢。」

坦白說，班茲的實力在『維爾特公會』中也是倒數的程度。由於他年紀也不輕了，沒有成長的空間，無法指望他會出人頭地。儘管如此，他性格開朗又很會照顧他人，所以年輕的男舒勒們都很仰慕他。

「班茲先生總是喝酒，所以攻擊時才會失去準頭吧。」

格雷蒂亞不由得幫忙說了句好話，但她其實不太喜歡班茲。

其中一個原因是他總是露出色瞇瞇的眼神，直勾勾地盯著格雷蒂亞的胸部，另外也因為他還曾經計畫帶領男舒勒們偷窺女浴室。

但是，這個計畫在付諸實施之前就被艾莎抓包，他也受到了制裁。

格雷蒂亞回想起種種往事，忽然感到疑問。

即使同樣身為男性，阿爾斯也從未看向自己的胸部。那個難攻不落鐵壁極寒要塞艾莎和魔法美少女銀髮超絕天使尤莉亞之所以會淪陷，也許就是被阿爾斯那自制力很強的部分所吸引吧。

（大概因為他毫無色心，所以很棘手吧。）

他的內心純白無垢。不知世間汙穢，簡直像是在最純粹的環境中成長的。

這一點會讓人鬆懈戒心，錯估距離感。

儘管如此，要是輕忽大意的話，他有時會猛然接近，冷不防地展現出充滿男性氣概的一面，帶來強烈的情感震撼。然而他又什麼都不做，宛如嘲弄般地翩然離去。

萬一這是經過算計的行動，那簡直是不得了的大色魔。

（不過他確實給人一種無法放著不管的感覺……總覺得是個讓人在意的男孩子呢。）

仔細一想，阿爾斯可能跟其他男性不同，是個擁有神祕魅力的少年。

而且就算差點被那身破爛打扮騙了，他也讓人會不自覺再看一眼——

「我已經唸了他好幾次了，但他還是學不到教訓。」

米琪達的聲音把格雷蒂亞從思考的海洋中打撈上岸。

格雷蒂亞露出苦笑，探頭看向米琪達抱在懷裡的嬰兒。

「小琪茲正在睡覺呢。」

「剛才還醒著呢。沒想到這麼熱她也睡得著。」

米琪達之所以會熱是因為體型的原因吧——雖然心裡這麼想，但格雷蒂亞是個識趣的女性，所以她什麼也沒說，堆著笑容帶過了這個話題。

「她好可愛喔。個性應該是像米琪姊吧。」

像是神經大條的部分……格雷蒂亞是個識趣的女性，所以只在心裡嘟囔著。

當她正輕戳著嬰兒的臉頰時，店門的鈴鐺聲響起，通知有客人造訪。

一名穿著長袍的高個子男性走進了店裡。

兜帽將其臉孔藏在深深的陰影裡，看不見長相。

「打擾了。這裡就是『維爾特公會』的據點〈燈火姊妹〉嗎？」

低沉的聲音迴響在鴉雀無聲的店內。

像他這樣的打扮在魔法都市裡並不算少見。

但是，他渾身散發著可疑的氣息，所有人都對他心生戒備。

「確實是沒錯……不過很抱歉，今天還沒到開店時間。」

「我不是客人。只是來找幾個人一起——不，只要那個嬰兒就行了吧？」

男人指著米琪達懷中的孩子，臉上浮現了扭曲至極的笑容。

「你想對嬰兒做什麼？根據你的回答，『維爾特公會』將會與你為敵。」

格雷蒂亞拿著她愛用的掃帚，走上前去擋在米琪達前面。

「真是個缺乏理解力的女人。我們就是想要成為敵人。」

「你瘋了嗎？魔法協會確實提倡公會之間的競爭，但未經申請就私自決鬥是被禁止的行為。就算你的公會因此被解散也不能抱怨。」

「請務必讓我們領教一下。」

男子向前邁出一步，格雷蒂亞猛然舉起掃帚對準他。

「你要是再靠近一步，本店將使出全力請你離開。」

「嗯……那我就使出全力把嬰兒帶走吧。」

男子話音一落，一大群魔導師就衝破玻璃牆闖進了店裡。

「告訴你們的萊勒吧。」

出現在男人背後的魔導師們開始詠唱。

「我們是『施德公會』。我是身為萊勒的卡吉斯，位居第四位階『座位』。」

魔法陣的光芒充滿了原本昏暗的店內。

「這只是一點小問候——」

在狹窄的店內佈滿了多個魔法。

「——受死吧。」

事情發生得太過突然，格雷蒂亞只能呆立原地眺望。

但是，她聽到嬰兒的哭聲後，臉上露出猛然驚醒的表情。

「——米琪姊快趴下！」

店內膨脹的魔力擠壓著空氣，眨眼間就產生了狂暴的龍捲風。

狂風發揮了無法抵抗的暴威，熊熊烈焰噴湧而出，世界遭到蹂躪，激烈的爆炸聲響徹四周。

『傳送』魔法似乎是在將魔力注入戒指的瞬間就會發動的構造。
體感上甚至不需要一秒鐘。
不過就和傳送門一樣，眼前景色突然轉變還是讓人不太習慣。
完成傳送的阿爾斯環顧四周。
安裝在牆上的魔石燈告訴了他這間房間的大小。
這裡只有容納五個人就會覺得擁擠的寬度。
石板地板上刻著一個魔法陣，花紋跟剛才看到的相似，但細節有所不同。
「這裡是？」
「〈燈火姊妹〉的地下二樓。」
倚在牆上的卡蓮告訴他。
「哦……原來這戒指上刻著〈燈火姊妹〉的座標啊。」
這裡的溼度高，空氣也不流通，讓人有種喘不過氣的感覺。
不過這也讓阿爾斯感到懷念。因為它很像當初幽禁自己的房間。

「尤莉亞她們去哪裡了？」

「姊姊已經先跟艾莎上樓了。我幫你帶路。跟我來吧。」

阿爾斯跟著卡蓮走上樓梯，走到地下一樓時，他感到有點不對勁。

「妳不覺得有股燒焦的味道嗎？」

「咦……？這麼一說確實是有焦味。」

正當卡蓮感到困惑時，她認出了從走廊對面跑來的人影。

那是其中一個先返回公會的舒勒——班茲。

他總是渾身帶著酒氣，一臉嘿嘿傻笑，此時表情卻驚惶失措。

「萊、萊、萊勒！不、不、不好了！」

可能是氣喘吁吁的緣故，班茲一整個口齒不清。

雖然看起來有點像喜劇，但阿爾斯他們並沒有笑。

結合他那臉色大變的模樣，讓他們感覺到事態非同小可。

班茲調整著呼吸，淚水已經盈滿眼眶，眼看著就快要潰堤。

「班茲，你冷靜點。發生什麼事了？」

「〈燈火姊妹〉受到了襲擊！」

聽到這個出乎意外的消息，卡蓮身體一僵。

「什、什麼？是哪裡來的蠢蛋！」

卡蓮衝了出去，阿爾斯跟班茲也急忙跟著奔向樓梯。

阿爾斯跑上樓梯衝到一樓，眼睛因一時無法適應跟地下的明暗差異而瞇了起來。

當他習慣明亮的光線後，難以置信的景象映入了他的眼簾。

「這……太過分了。」

曾經那麼華美絢麗的酒館已經完全看不出原貌。

入口被炸得蕩然無存，圍觀群眾聚集在道路上窺探著店的樣子。

現場還殘留著微弱的白煙，爭先恐後地從建築物縫隙中冒出。

一樓的大部分都燒得焦黑，但火勢似乎沒有延燒到二樓跟附近的商店。

只見負責看店的舒勒們正在拚命地滅火。

阿爾斯觸摸著變黑的牆壁，低頭看向自己指尖的煤灰。

感覺得出一絲魔力的殘渣，他斷定這慘狀是是魔法造成的。

他重新查看店內的情況。

（與其說是攻擊店舖，更像是以店內人員為對象。）

阿爾斯的目光落在了正在安全地方接受治療的舒勒們身上。

「艾莎，那邊麻煩妳！」

「好的。」

尤莉亞和艾莎正在治療舒勒們。

「發生什麼事了？」

卡蓮一走近她們就彎下腰，向接受治療的輕傷男性詢問道。

儘管他算是傷勢較輕，但頭上纏著繃帶，衣服被鮮血染紅，從破掉的部位露出傷痕累累的皮膚，看著都讓人心痛。

「萊勒……抱歉，我們沒能保護好這家店。」

「你在說什麼啊，你們的生命比店更重要。」

卡蓮肯定是在壓抑著自己隨時要爆發的怒火吧。

地板無法承受她拳頭的壓力，發出詭異的聲音，朝四面八方龜裂開來。

「是誰讓你們遭遇了這種事？」

「是『施德公會』。他們一走進店裡就突然施放魔法。」

「這樣啊……『施德公會』——亞斯帝國的走狗。我明白了，我會讓他們後悔對我們出手。」

卡蓮站起身來，把自己的長槍槍柄敲在了地板上。

「艾莎，去召集分散在各地的所有舒勒。」

「我不確定是否能集合到所有人……」

「不管，去召集就對了──」

卡蓮那股激動的情緒被悲痛的哭喊聲蓋過了。

「格雷蒂亞！格雷蒂亞，妳振作一點！」

發出哭喊聲的是班茲的妻子米琪達。卡蓮看上她的廚藝，招募她在〈燈火姊妹〉的廚房裡工作。但她現在應該正在休產假，不知道為何會在這裡，而且她也受了很嚴重的傷。

「萊勒！請妳救救格雷蒂亞！」

在接受治療的成員中，有一個人是在阿爾斯初來乍到時遞給他椅子的少女。雙方交談過幾次，他可以清晰地想起她的長相。

可是，他卻無法確定，如今在眼前的她是否真的是格雷蒂亞。

大概是遭到魔法直接命中吧。

融化的衣服黏在身上，全身的皮膚都燒焦潰爛，身體的一部分缺損，鮮血從刺入傷口的木片上不斷溢出。

因為皮膚燒焦，從其表情上根本看不出是有意識還是正受到劇痛的折磨，甚至連性別都無法辨認。她的傷勢如此嚴重，只能透過胸部微微的起伏來判斷她還勉強活著。

雖然受傷的人很多，但沒有人比格雷蒂亞更嚴重。

「格雷蒂亞保護了我……都是我的錯……」

「沒事的，冷靜一點。」

卡蓮抱住淚流滿面的米琪達。

「艾莎，馬上使用治療魔法！」

「正在做了。但是……傷勢實在太過……」

格雷蒂亞身邊有兩個正在施展治療魔法的舒勒。

然而似乎還是沒什麼作用。

只有讓接近焦炭的膚色稍微變淡一點的效果。

「那就聯絡〈狗獾巢穴〉，請他們送高級藥材過來。花多少錢都沒關係。」

「我已經派人去了。但是……不確定會不會有效。」

「……唔。」

卡蓮面對已經別無他法的事實，嘴巴張開又合上了幾次，卻說不出話來，發出一聲呻吟就低下頭來。

她用力咬住下唇，鮮血從唇角垂落成一條血線。

儘管如此，她是萊勒，是公會的領袖，即使情況絕望也不能放棄。

「格雷蒂亞，妳要振作起來，我會馬上幫妳治好的。」

這是多麼顯而易見……溫柔又殘酷的謊言啊。

這個宣言就像是詛咒，它會刻入自己的靈魂深處，緩緩地折磨垂死之人。

卡蓮在餘生中都將嘆息自身的無力，為謊言後悔，在向死者懺悔的折磨中度過吧。

直到生命終結的那一刻，她肯定都會在夢中受苦，害怕入睡。

「萬靈藥馬上就會送來了。」

正如卡蓮所說，確實有萬靈藥這種東西。

不過，回想起先前治療阿爾斯的治療師所言，就無法期待會有多少效果。

所以，阿爾斯輕輕地把手放在卡蓮的肩膀上。

卡蓮顫抖著肩膀，抬頭看向阿爾斯。

她的眼中充滿了恐懼，宛如被宣判死刑之人。

為了讓她安心，阿爾斯露出微笑。

「……放心，剩下的就交給我吧。」

受到魔法傷害，就用魔法治癒。倘若不起作用，施展更強力的魔法就行。

身為魔導師，自己的魔法就是最好的治療方法。

此乃真理，是無可辯駁的事實。

「…………你打算做什麼？」

在這裡的並不是那個英勇地扛起萊勒責任的卡蓮。

只有一位悲傷的少女。只有一個應該被守護的存在。

那雙美麗的緋紅眼睛中閃爍著淚光。

眼角溢出的淚珠順著臉頰流下，一次又一次地滴落在地板上，飛濺四散後滲入地面。

他可以聽見卡蓮的靈魂正在痛哭，祈求著改變她不想要的未來。

阿爾斯伸出手，溫柔地用指尖擦了擦她的眼睛。

「別哭了。雖然妳哭起來也很漂亮，但我更喜歡妳笑容滿面的樣子。」

阿爾斯從容地張開雙臂，黑衣下襬隨著動作飄動了起來。

不，是因為全身迸發的魔力而飄動的。

他的左耳耳環——逆十字發出燦爛的光芒。

不久，一陣狂風憑空吹起，轟隆作響，氣焰漫天奔馳。

——四周白光大作。

熱風呼嘯而過，極光傾瀉而下。

所有人都折服於這股龐大的魔力，無法直視那耀眼的光輝，紛紛閉上雙眼。

儘管如此，人們還是為穿透眼瞼並刺激眼球的壓倒性光芒而發出呻吟。

「心臟被捏碎如斯，氾濫之絕望，糜爛之霸氣——」

他的聲音沒有抑揚頓挫，也不帶任何感情。

阿爾斯淡然地在口中編織詠唱。

「聲音斷絕，光芒根絕，黑暗冠絕，故而女神以指醫治。」

天花板的附近描繪出魔法紋路，同時散落著神聖的火花。

火花畫出白色線條，形成橢圓後蜿蜒而行，完成了華麗的白色魔法陣。

由於無法承受這駭人的魔力洪流以及魔法陣發出的沉重壓力，在場所有人都低頭俯首並單膝跪地。

——有某種東西降臨了。

但是，被允許感受到那個存在的僅有一人。

因此，被允許觀看到那個物體的僅有一人。

所以，被允許站在這個世界上的僅有一人。

「祝福吧——『光玉聲女』。」

當熱風停止時，世界鴉雀無聲。

雖然一切似乎都過去了，但確實有某種強大的東西降臨於此。

冰冷刺骨的白煙纏繞在人們的腳邊。

接著，響起了像是赤腳走路一樣的腳步聲，以及拖曳著鎖鏈的金屬摩擦聲。

人們根本無法確認出現了什麼東西，只能一致低垂著頭感受包覆著身體的冰冷氣息，並強忍著從內心深處湧現的恐懼。

但是，唯有阿爾斯有資格看見。

一位身著白色拘束衣的女神正凝視著傷患，彷彿在品評他們。

沒過多久，女神開始輕輕地朝受傷的人們吹氣。

傷患們受傷的身體被光包裹起來，形成像是在保護他們不受外敵攻擊的繭。

原本注視著那一幕的女神，突然轉身望向阿爾斯。

她的眼睛被白色皮革覆蓋而無法看見，勉強露在外面的豐滿嘴唇毫無血色，呈現一片暗紫色。這個神祕莫測的存在散發出的氣息令人毛骨悚然，就好像是人形怪物一樣。

『那東西』將臉靠近阿爾斯的脖子，把嘴湊近他的耳邊。

那是任誰也聽不到的嘶啞音量。無法讓任何人聽見的聲音。

聽到她只對自己說的話，阿爾斯苦笑著微微點頭。

「我知道。但是已經沒有時間了，所以沒辦法。」

聞言，女神親吻了阿爾斯的臉頰後，有如霧散去般消失了。

於是，剛才的沉重壓力就像假象一樣消失無蹤，人們紛紛抬起頭來。

阿爾斯重重地吐出一口氣，整個人倚靠在牆上，發出安心的嘆息。

「……以現在的狀況，果然會消耗大量魔力呢。」

原本的話——應該要以施展特殊魔法為前提，但由於拯救格雷蒂亞刻不容緩，所以他強行簡化條件，行使了『光玉聲女』。

這麼做的代價並不便宜。他失去總魔力的六成，而且暫時無法使用魔法。一旦失敗的話，阿爾斯將會代為承擔所有傷者的傷害。

「有點太亂來了……但是，這次趕上了。」

阿爾斯內心洋溢著滿足感，臉上浮現滿意的笑容。

因為他的治癒魔法成功了，這是一件令人高興的事實。

在他視線的前方，光芒從繭中溢出，發出細小的爆裂聲並開始迸裂。

繭就像糖雕一樣碎裂，破繭而出的傷患身上發生了戲劇性的變化。

『咦……？』

不知道是誰發出了聲音，也許是在場的所有人。眾人的困惑變成了波浪，不久就轉變為漩渦。

所到之處一片歡聲雷動。

人們發出聲嘶力竭的吶喊，瞠目結舌者更是絡繹不絕。

終於，大家逐漸恢復了平靜，但興奮的熱度並沒有冷卻。

『不痛了……怎麼會……咦？』

『真的假的，大家的傷口都消失了……』

『到底是用了什麼樣的魔法……』

不僅受傷的人們，路上的圍觀群眾也驚訝地瞪大了眼睛。

而對此最感到震驚的，是先前對阿爾斯施展治癒魔法的女性治癒師。

『不會吧，那可是致命傷耶……？居然能治好那種傷勢，根本是神蹟啊。』

所有人都用一種近乎讚美與崇拜的目光看向阿爾斯，但他本人只是聳了聳肩膀。

「阿爾斯先生，你太厲害了！」

班茲拍了拍阿爾斯的肩膀，臉上的表情變來變去。

他不知道自己該高興，該笑，還是該低頭道謝。

班茲內心百感交集，感慨萬千，顫抖著肩膀開始哭了起來。

其他人也是類似的反應。

不，那些瞭解魔法奧祕的人們，表現出了更顯著的反應。

尤莉亞、剛才還在哭泣的卡蓮、艾莎都目瞪口呆地愣在原地。

她們簡直就像靈魂出竅一樣，一動也不動地站在那裡。

「格雷蒂亞！格雷蒂亞！」

米琪達抱起格雷蒂亞的身體。

她的身體已經完全痊癒，沒有留下任何傷痕。不僅如此，就連黏在皮膚上融化的衣服，也令人難以置信地恢復成原狀。

「格雷蒂亞，拜託妳睜開眼睛！」

彷彿聽到了米琪達拚命的祈求，不久格雷蒂亞就微微睜開了眼睛。

雖然她的眼神沒有對焦，但應該是分辨出了聲音。

「……米琪姊，妳沒事吧？」

格雷蒂亞露出微弱的笑容，米琪達緊緊地抱住了她。

「妳這個傻瓜……是妳保護了我。」

「米琪姊沒事真是太好了……」

格雷蒂亞這才鬆了口氣，正打算再次閉上眼睛時，整個人猛然彈坐起來。

「小寶寶！」

格雷蒂亞瞪大眼睛望向米琪達，激動地拍打著她寬闊的雙肩。

「米琪姊！小琪茲呢？」

「對啊。如果米琪達在這裡，那孩子在哪裡？妳該不會把她帶來了吧？」

身為父親的班茲一邊吸著鼻涕，一邊擔心地四處張望。

面對他們的提問，米琪達垂下了頭。

「對不起，我是個失職的母親。孩子被『施德公會』帶走了。」

這麼說起來……阿爾斯忽然想起一件事。

米琪達的傷口現在已經被阿爾斯的魔法治好了，但是在那之前，她的一隻手臂上有遭人砍傷的痕跡，而且頭破血流，臉上還有數不清的傷口。

雖然格雷蒂亞挺身而出保護她免於魔法傷害，但米琪達的身上還是留下了許多明顯不同於其他人的奇異傷口。可能是因為米琪達想要保護被帶走的嬰兒而進行了抵抗，她才會受了那樣的傷。

「……什麼？他們為什麼要抓走琪茲！」

「我、我也不知道啊。就算你這麼問我……」

「啊，不……妳說的對。抱歉。」

米琪達哭了起來，班茲表情沉痛地抱住了她的肩膀。

阿爾斯從班茲他們身上移開視線，然後他發現好像有哪裡不對勁。

「……欸，卡蓮，尤莉亞去哪裡了？」

剛才她應該還在附近，但現在卻不見人影。

「咦？」

卡蓮抹了抹眼淚，站起身來環視四周。

「這下麻煩了，她可能是去了『崩潰的理想鄉』。」

聽到聲音回頭一看，艾莎正晃動著她的手，指尖夾著兩枚紙張。

「『施德公會』好像特意留下了要給我們的信。我想尤莉亞大人應該是讀了這個……嗯，這很明顯是在請君入甕。」

「若非如此，他們也不會這樣大張旗鼓地襲擊吧……那麼『崩潰的理想鄉』是在哪裡？」

「那是一千年前位於大陸北部的第三大都市。因諸神跟魔帝引發的戰爭而毀棄。如今是亞斯帝國宣稱擁有主權的地方。」

「換句話說這是個陷阱——既然尤莉亞已經去了，就不能置之不理。」

「就是這麼回事。」

「雖然也可以向魔法協會申訴，不過……」

卡蓮神情為難地抱著雙臂低吟。

魔法協會確實主張在原則上不允許國家干預。

然而，艾莎搖頭否定。

「魔法協會應該不會行動。對方是『施德公會』。這是公會之間的衝突，很可能不被承認有國家干預。」

「那就只能正面對決了。那封信上寫的是什麼？」

卡蓮看了一眼艾莎手裡的信。

「這上面寫著如果尤莉亞公主不來指定的地點，嬰兒就會沒命。」

為了避免班茲他們聽見，艾莎小聲地說道。

「唉……寫著這種內容的話，姊姊當然會一個人跑去。」

「因為她是個善良的人……另外還有要給阿爾斯先生的信。」

另一封信似乎是寫給阿爾斯的。

阿爾斯凝視著艾莎遞出來的紙張。

「…………如果您不介意的話，由我來讀這封信吧？」

艾莎臉上帶著歉意提議道。

「不用，沒關係。」

她可能以為阿爾斯不識字，但即使在被幽禁時，母親也盡可能地教導了他。

雖然在母親去世後，他就只能複習迄今為止學到的文字，不過……

自從他逃跑以來還沒有遇過文字方面的困擾，所以應該不會影響日常生活。

「是這樣啊……請您原諒我失禮的發言。」

「別在意。如果有不懂的文字我會問妳，再麻煩妳告訴我。」

「那是當然，我隨時都會告訴您，有任何問題都可以問我。」

阿爾斯讀著艾莎遞給他的信。

概括來說，內容就是為了追究阿爾斯奪走尤莉亞公主之罪，所以要他一個人到國境。信中還表示，當尤莉亞逃離王都時，負責護衛她的維爾特王國士兵們似乎也被扣為人質。

卡蓮知道信件內容後，一臉為難地沉吟道：

「兩個地方同時嗎……」

「以我們現在的人數很難應付。」

她們不能拋棄嬰兒，但是也想營救維爾特王國的士兵。

然而，如果走錯一步就有可能失去雙方。

雖然是難以抉擇，但她們有所誤解。

「我會去國境那邊喔？」

聽到阿爾斯的宣言，眾人的目光都集中到他身上。

大家看起來都很驚訝，但阿爾斯不懂他們為何露出那種表情。

「畢竟對方都特意指名我了。」

她們可能是因為維爾特士兵被扣為人質而誤會了，但被點名的人是阿爾斯而不是尤莉亞。

而且信上的筆跡很眼熟。在國境等候的人無疑是他的父親奧夫斯。

「這件事就像是把尤莉亞與其他人捲入了我的問題。」

「沒那回事——」

阿爾斯伸手打斷了她的話。

「而且我也有在意的事情。國境方面就交給我吧。」

奧夫斯的背後肯定還有一名人物——指使他寫下這封信的人。

如果拋棄維爾特的士兵，可能會破壞他和尤莉亞等人的關係。

如果阿爾斯不拋棄的話，說不定就能抓住他。

奧夫斯應該想不出這種，無論哪一種結果都樂見其成的陰險主意。

他從這封信中可以感受到某人的打算。

「我派幾個舒勒跟你一起去吧。不要勉強自己，覺得危險就撤退。」

「不用了，卡蓮，沒那個必要。我一個人就可以搞定。」

「阿爾斯先生，您真的沒問題嗎？」

艾莎用一種彷彿可以看透人心的平靜眼神看著他。

假如這件事與父親無關，阿爾斯可能也會無視，但是考慮到今後的事情，他想在此做個了斷。

「要是覺得不行的話，我就會逃回來。」

「阿爾斯先生，如果您有任何希望，什麼都可以提出來……」

「既然艾莎都這麼說了，那就等平安解決問題後，大家再一起洗澡吧。」

「我不是那個意思……我是說如果您有任何需要的物品——不……算了。我知道了。等您回來後再一起洗澡吧。」

「作為至今為止的道歉，我會幫妳洗遍全身的。」

「……隨您高興吧。」

艾莎放棄般地嘆了一口氣，卡蓮也沒有否決，只是苦笑。

「還有比起我的事情，妳們更應該當心『施德公會』。」

「好。不過我們馬上就會解決對手去幫你助陣的。你好好期待吧。」

「聽妳這口氣，我就放心了。我很期待，那我先走了。」

阿爾斯背對著她們揮揮手，身影消失在城鎮裡。

卡蓮看著他，直到他消失在人群中，然後驀然想起一件事。

（我記得姊姊說她跟阿爾斯做了約定……）

聽姊姊說，她在繁星滿天的夜晚許下了重要的諾言。

她欣喜地表示，這是她有生以來第一次跟別人交換了約定。

雖然卡蓮覺得她所做的約定太過沉重，但又覺得很有尤莉亞的風格。

（所以姊姊才會一個人去吧。）

既然尤莉亞讀了那封信，她也許是希望卡蓮她們去幫阿爾斯助陣。或者，她可能打算獨自一人收拾掉『施德公會』，然後去支援阿爾斯。

卡蓮不認為姊姊做了愚蠢的選擇。她不覺得這是魯莽的行動。

——尤莉亞就是有那麼強大的實力。

（不過話說回來，姊姊跟阿爾斯實在很像。明明可以不用說那樣的話。）

卡蓮回想起剛才和阿爾斯的對話。

阿爾斯說是自己把其他人捲入問題裡，但沒有人把這句話當真。

由於幫助被俘虜的尤莉亞逃亡，阿爾斯被視為罪犯叫了出去。

這是他下定決心，打定主意，做出決定的結果。

可能也有人聽了會認為這確實是他自己的責任吧。

阿爾斯可能也想這麼說，但卡蓮想反駁這種說法。

當然，她的姊姊尤莉亞如果在場的話，肯定也會有同感。

即使結果是如此，但導致這個結果的過程也不容忽視。

在通往結果的過程中，很多人都被他拯救了。

（該怎麼樣才能報答他呢……要是我像姊姊一樣坦率就好了。）

尤莉亞姊姊說，她想為阿爾斯實現一切的願望。

自己有那樣的決心嗎？到底是怎麼看待他的呢？

但是當他提議要一起洗澡時，她未能拒絕。

這種感情到底是什麼？因為發生太多事，她還沒能整理好心情。

只有一件事可以斷言，那就是她混亂的心情中並沒有夾雜著厭惡感。

（真是沒轍啊。畢竟這份恩情本來就大到難以償還。）

跟阿爾斯一起旅行後才知道，他並不是尋求回報的類型。

關於洗澡的事情，他也沒有任何邪念，只是想跟親近的朋友一起入浴吧。

要說其他報答的方式就是金錢，不過阿爾斯似乎沒什麼物慾，感覺他不會特別高興。

（嗯，不過……說不定請他吃路邊攤的烤雞肉串，他就會很滿足呢……）

雖然卡蓮不打算隨便打發他，但還是決定暫時擱置這件事。以現在的狀況，她覺得自己無論怎麼想都不會有答案。

一直沉溺在思緒中的卡蓮拍了拍放鬆的臉頰，重新繃緊表情後開口道：

「艾莎，準備好了嗎？」

「是的，隨時都可以出發。」

「好──既然如此，我們走吧。」

卡蓮表明決心後，全體二十四名舒勒一齊站了起來。

「我已經用『傳達』魔法指示那些不在場的成員去修萊亞的北門集合了。」

「足夠了。要是他們來不及趕到就算了，就以我們現在的人數去。」

「還有那些傷患──阿爾斯先生用治癒魔法治好的那些人該怎麼辦……？」

艾莎難得說話這麼吞吞吐吐的。

如果是平時當機立斷的她，即使不特意詢問也會自己做出判斷。

雖然不知道是何事讓艾莎猶豫，但卡蓮清楚地表示：

「這還用問嗎？當然是讓他們留下啊。不管怎麼說體力都還沒恢復吧？」

「不，那個……雖然不太清楚是怎麼回事，但好像沒有問題。」

「欸？」

卡蓮不由得發出傻呼呼的聲音，將視線轉向了原本受傷的那些人。

他們似乎打算同行，每個人手裡都握著自己的武器。

『我們去擊潰「施德公會」，然後去幫助阿爾斯大人吧。』

『要是膽敢傷害阿爾斯大人一根寒毛，我就要毀滅亞斯帝國。』

『為了阿爾斯大人，我願意戰鬥到生命的最後一刻。』

看他們氣勢洶洶、幹勁十足的模樣，毫無疑問是充滿了精神。

「各位，等救回小琪茲以後，我們就趕往阿爾斯大人的身邊吧。」

差點踏入鬼門關的格雷蒂亞也渾身洋溢著殺氣，臉上露出決然的神色。

不僅如此，他們身上還有一種難以接近的狂熱。

一旦踏入那個領域就再也回不來了——就是飄盪著這麼危險的氣氛。

「……要是說不帶他們去的話，感覺會很麻煩呢。」

「與其花時間說服他們，還不如帶他們去比較好。」

「話說回來，叫『大人』是怎樣啊？那些女孩子是這樣稱呼阿爾斯的嗎？」

「我想阿爾斯先生的魔法並沒有洗腦的效果……但她們大概是被迷住了吧。雖然我們無法直接目視，但那些實際接受到治療的人們似乎感受深刻。」

「啊……那也沒辦法嗎……」

看到那種魔法後會產生信徒也是可以理解的事情。

更何況還是當事人的話，不管男女都會對阿爾斯著迷吧。

就如同神蹟一般，他從死亡的深淵中救回了垂死之人。

只要是魔導師，無論是誰都必然會對他抱持憧憬，無一例外。

「我也沒見過那樣的魔法。不管怎麼說……那顯然已經超出了【聽覺】的範疇了吧？」

「您說的沒錯。他很有可能已經到達『天領擴大』的境界。」

『天領擴大』──只有極少數魔導師才能臻至天賦『覺醒』的境界。

任何生為魔導師的人都渴望到達那個巔峰。

「天賦登峰造極之人──是故名為超越者，所有人皆名垂青史嗎……」

「若是如此，他那強大的魔法也可以理解。」

「我還覺得他是個奇怪的男孩子，原來他跟偉人們站在同一個境界呢。」

即使追溯到神話時代，達到『天領擴大』者也寥寥無幾。

即便在現代，據說達到『天領擴大』的也僅有三人。

而到達覺醒境界的天賦持有者將永遠青史留名。

但是，卡蓮認為還有一個人可以到達那個領域。

「總有一天，姊姊的名字也會跟那些先賢刻在一樣的地方吧。」

維爾特王國與亞斯帝國之間爆發了戰爭。

雙方戰力差距過於懸殊，被稱為是一場單方面的屠殺。

但是，在這場戰爭中有一個傳聞。

據說尤莉亞殲滅了亞斯帝國的第二軍團。

卡蓮感到膽戰心驚。但這並非表示她無法相信。

當她聽到報告時，立刻知道這是尤莉亞的壞毛病。

「我甚至都想同情『施德公會』了。憤怒的姊姊是沒人攔得住的。」

小時候的尤莉亞，比不停惡作劇的卡蓮還要胡鬧。

因為魔法感受性太強，導致她無法完全控制【光】天賦。

她有時候就像是被什麼東西操縱一樣，忽然消失了行蹤，然後回來時渾身都是濺回的血。

這樣的日子不斷重覆後，某一天艾莎開始侍奉王室。

她們兩人是在何處相遇，又是經歷了什麼過程才成為主從呢？

卡蓮並不知道其中緣由。

由於尤莉亞的壞毛病在那之後就消聲匿跡，所以也不用在意了。

（從這個意義上來說，艾莎也是個相當神祕的女人呢。）

其實，卡蓮已經隱約察覺到艾莎的真實身分。

雖然她巧妙地用魔法偽裝，但魔力變少時就會出現顯著影響。

完美主義、潔癖、清純、天賜的美貌。

綜合各種因素所得出的結果——

「卡蓮大人，您怎麼了？」

恐怕阿爾斯也注意到了她的真實身分。

畢竟他在浴室裡將她全身上下都看光了。

既然她不願暴露真實身分，卡蓮也不打算多加過問。

不管有何原因，她們都屬於同一個公會，而且總是在一起，所以是家人。

「不，沒什麼。」

「那就請您發號施令吧。」

卡蓮對艾莎微微點頭，轉向舒勒們。

每個人都一臉嚴肅地看著卡蓮，眼神中充滿了決心。

店內寂靜無聲，卡蓮環視這個徹底失去原貌的據點。

「我們去把小琪茲搶回來，順便讓『施德公會』的蠢蛋們後悔吧。讓他們好好領悟自己究竟是對誰出手，惹火了誰，然後以身償還吧！」

怒火中燒的成員們帶著難以言表的情緒怒吼著。

他們就像被鎖鍊綁住的野獸，迫不及待地要收到屠殺敵人的指令。

卡蓮沒有被他們的激情感染，平靜地指示道：

「不用手下留情。狠狠地擊潰他們。」

卡蓮最後用舌頭舔了一下她可愛的唇瓣，勾勒出一道如掠食者一樣兇惡卻妖豔的弧線。

「來，讓我們開戰吧。」

*

晴朗的天空蔚藍如洗，萬里無雲，唯有艷陽高掛。

雖然天氣很好，卻莫名有種引起不安的氣氛，令人毛骨悚然。

吹過平原的風讓花草搖曳的同時，也讓皮膚變得冰冷，奪走了體溫。

『不覺得好像特別冷嗎？』

『還沒到會變冷的時間吧……感覺太陽也比平時明亮。』

『該不是魔王幹的吧？所以我才討厭來這種地方。』

明明再過幾個小時就要日落，卻彷彿時間停止般地毫無變化。不對，還是有變化，因為太陽一直在西沉。

唯一不變的只有天空。

因此，在大地上像螞蟻一樣群聚的士兵們也感受到異樣的氣氛，感覺有些心神不寧。

在這種情況下，察覺到最初變化的人是維爾格。

「是什麼東西呢……」

他突然感受到一股奇怪的氣息，仰望天空，發現了一個黑點。

那個黑點停在原地一動也不動，就像在俯視他們。

維爾格目不轉睛地盯著天空，奧夫斯靠近了他。

「發生什麼事了嗎？」

「沒有……我在想那邊看到的那個是什麼？」

「……不是鳥嗎？」

「以鳥來說好像太大了些……算了，應該是魔物吧。」

維爾格雖然壓制住心中萌生的不協調感，但因為他是魔導師，內心的不安悸動並沒有消失。而當他得到答案時，一切都已經太遲了。

「難道是……!?」

一股冰冷的寒意爬上維爾格的背，他渾身劇烈地顫抖。

魔法特有的壓力攫住他的臟腑，恐懼從心底湧出。

維爾格愕然地看著在天空中蔓延的魔力奔流。

空間詭異地扭曲起來，天空如波浪起伏般躍動。

「準備攻擊魔法！」

他用誇張的動作揮舞手臂，已經沒有先前那副綽綽有餘的模樣。

那張臉上只浮現出焦躁。

「展開防禦魔法！敵人從天上來了！」

維爾格喊道，但是亞斯帝國魔導師的反常很遲鈍。

大概是面對過於脫離現實的攻擊，還沒能回過神來。

不，他們現在也還是無法置信。有很多雙眼睛都訝異地盯著維爾格。

「嘖，這群蠢貨。」

邊疆的魔導師們從未見過這種規模的大魔法。

他們把自己關在邊疆裡，不去瞭解外界廣闊，而這就是停止成長者的極限。

即使知道這一點，維爾格也無法掩飾自己的焦躁。

一個巨大的魔法陣在天空中形成，散發著莊嚴肅穆的氣息。

野生動物們感受到遠處魔力增強，紛紛開始逃竄。

動物反而還更聰明。維爾格腦中浮現這個沒有意義的想法，同時也意識到為何太陽沒有西沉、天空如此蔚藍的原因。龐大的魔力和空氣交相混合，產生出一種彷彿時間停止般的詭異景象。

「那是什麼……難道是魔法陣嗎？」

奧夫斯呆若木雞地喃喃道。

他跟其他人不同，似乎還保有危機意識，但他更著迷於突然出現的魔法陣。那個魔法陣散發出強烈存在感，主宰著整個上空。它壯麗而雄偉，正可謂奇蹟，無論用多少讚美的詞彙形容都不以為過。

所以奧夫斯的心情也並非不能理解，但現在不是悠閒眺望的狀況。維爾格咂嘴，策馬靠近奧夫斯身邊，開始進行詠唱。

「西方地殿，東方海殿，南方空殿，北方山殿，四方之理——」

維爾格的頭上出現了一個白色魔法陣。

「環繞星辰——『星界屏障』。」

魔法瞬間發動。奧夫斯和維爾格周圍飛舞著微小的火花。

一道透明的帷幕落下，從四方圍住他們兩人。

剎那間——世界震動了。

緊接著一陣狂風席捲了亞斯帝國的軍隊，但除此以外並無更多變化。

眾人丈二金剛摸不著腦袋，皆是一臉茫然。

目瞪口呆的所有人都將目光投向霸佔著天空的魔法陣。

然而，確實發生了變化。死亡正一刻一刻朝他們悄悄逼近。

『喂，你的鼻子……為什麼在流血？』

『欸，這是什麼呀——!?』

一名士兵的腦袋突然炸得粉碎。

被腦漿直接濺到臉上的士兵縮緊了喉嚨。

但是，他還沒能發出慘叫，更為淒厲的尖叫聲就從天而降。

那聲音既像女性尖叫聲，又像是野獸所發出的慘叫聲。

所有人都感受到耳膜被割裂的感覺，紛紛用雙手摀住自己的耳朵。

『喂喂喂，這可不妙。趕快用防禦魔法！動作快！』

『啊，好！我知道！』

終於抱持危機意識的魔導師們開始展開防禦魔法。

然而，這個判斷下得太慢，已經到了致命的地步。

亞斯帝國的士兵們開始一個接一個地七孔噴血，頹然倒地。

他們的手臂斷裂彈飛，腿部扭曲碎裂。頭部爆開，內臟從身體裡噴濺四散。

『可惡，可惡，這突然是怎麼回事！』

『快點展開防禦魔法。魔導師集中在一個地方！』

『我知道！別催我！』

『也幫我們用防禦魔法吧！』

『我沒有可以用在無能者身上的魔力！』

『怎、怎麼這樣——』

混亂不斷擴散，原本井然有序的亞斯帝國軍徹底崩潰了。

戰鬥都還沒開始，後排已經有一些人開始逃跑。

亞斯帝國的魔導師也缺乏集中力，或許是心緒動搖，因魔法爆發而自滅者不在少數。維爾格在防禦魔法中眺望著這個慘烈景象，伸手摀住了嘴巴。

「這是……什麼魔法？」

這明顯是超乎常軌的魔法。浮現在他腦海中的是【空間】、【死靈】、【詛咒】或【風暴】，但每一種都似同實異。維爾格從未見過這樣的魔法。

「那麼……這就是我所不知道的祕藏魔法。」

維爾格注視著天空，瞇起了銀色雙眸。

「我猜中了嗎？『魔法之神髓』出現了。」

就在維爾格思索之際，死亡也瀰漫了眼前的世界。

騎乘者被馬甩落，頭部或胸口都遭馬蹄踏穿而斷氣。

那個畫面就彷彿熟透的果實被壓碎一樣，腦漿飛濺四散，被噴濺到的士兵狂亂地朝友方揮劍砍去，口吐鮮血的士兵瘋狂地舞動著手腳。

『救、救命──』

『開什麼玩笑……防禦魔──』

『不、不要。我不想死，我不想死啊!?』

慘叫聲震動著維爾格的鼓膜，犧牲者演奏的悲慘合唱不絕於耳。

雖然很像自然現象，但對於這種殲滅魔法並無任何對抗手段，所以也無能為力。唯一剩下的活路就是不加以抵抗並默默忍耐，堅持到事情過去。

簡直就是一場死亡風暴。

死亡的旋律持續不斷地奏響，甚至讓人覺得地上生物是否即將滅絕。

即便如此，凡事總有結束的時候。

聲音過去了，慘叫聲也消失了，四周只剩下哭聲和呻吟聲。

「……好像結束了。」

即使和煦的春風吹過平原，眼前的地獄畫面也不會消失。

勉強倖存的亞斯帝國士兵，也已經再也派不上用場了吧。

「嗚……這太可怕了。」

奧夫斯捂住自己的嘴呻吟。

這時，兩人背後傳來了碎石被踩踏的聲音。

「喂，你們有事找我吧？」

在這堪稱地獄的場景裡，一道異常清亮的聲音響徹四周。

維爾格被那股神祕地會讓人留下印象的嗓音吸引，轉過身去。

「我在趕時間。趕快解決吧。」

左右紅黑兩隻不同的眼眸中，蘊藏著堅強的意志。

寶石般的雙眸猶如其聲音一樣清澈，彷彿像是在黑暗中閃耀的明燈。

雖然他臉上還留有稚氣，但再過幾年就會變成引起路上女性騷動的美男子吧。那漂亮的五官跟精靈相比也毫不遜色。

他的言行舉止意氣風發，泰然自若的態度散發著王者無畏的氣魄。

「不可能……這是什麼……不會吧……」

全身漆黑的容貌外型，不管對魔導師還是精靈來說，都是應該忌諱的存在。

但即便如此……維爾格的嘴裡也只發得出感動的嘆息聲。

太美了——對於魔導師來說，他的存在實在至臻完美。

「太美妙了……噢，這是多麼的美妙啊。」

維爾格雙手捂住臉，欣喜得渾身顫抖，彷彿要挖出雙眼般地按住眼皮。

就像是一個眼睛和臉部受到灼燒，正在忍受痛苦的聖者。

他拚命壓抑著瀕臨爆發的情緒。

但是，他無法抑制熊熊燃燒的激情，嘴角不由得露出笑容。

令人憎惡的漆黑，那是絕對不會被世人接受的顏色。

然而，少年全身纏繞的魔力就宛如受到祝福一樣，散發著璀璨的光芒。

「沒想到，竟然會在這種地方……跟他相遇！」

維爾格發出激烈的喘息，按住胸口直直地凝視著少年。

原本那個深具精靈風範的他已經不復存在了。

他的眼睛充滿了瘋狂的色彩，因狂熱而混濁不清。

「啊……啊啊……沒錯！跟傳說一模一樣！終於找到了！」

最後一次確認是什麼時候的事情了？

「啊哈哈哈，找到了，找到了！吾等夙願終於得以實現！」

在這個世界上，有時會罕見地誕生受到魔力喜愛之人。

他那將體內蘊藏的龐大魔力纏繞在身上之模樣，正可謂天衣無縫。

「啊，啊啊，啊啊！噢……『第一使徒』啊，請您欣喜吧！」

自從失去那個之後，已經過去了多少歲月呢？

儘管聖法教會用盡全力搜索，但始終沒有發現。

因為無能（黑色）者實在太多，怎麼也找不到。

然後隨著時間的流逝，每個人都放棄了，這件事被遺忘在悠久的彼方。

如今在聖法教會也只有少數人知道這件事。

正因為如此，維爾格無法抑制他的興奮。

「沒錯！沒錯！他正是魔力之子——『漆黑之星』！」

維爾格的美貌上浮現恍惚的神色，彷彿遇見戀人一樣，那雙銀眸閃閃發光。

*

明明自己是特地來赴約，但就算出聲搭話也沒人回應。

雖然有一位精靈投來異常炙熱的視線，但也僅此而已。

阿爾斯重新環顧四周。

有些人受傷呻吟，有些人被聲音壓垮，有些人發狂似地又哭又笑。

其中也有人似乎因自相殘殺而遭到火焰襲擊，踩著同伴的屍體拚命逃竄。

各式各樣的情緒在戰場上盤旋，哀嚎聲不絕於耳，噴發出地獄般的灼熱。

「我先出招了。可別說我卑鄙。畢竟我得應付你們這個人數。」

阿爾斯一點也不後悔製造出這個慘況。

先找麻煩的是對方，用惡毒手段引誘自己前來的也是對方。

那他們當然必須容忍這點損失。

「我再說一遍，我在趕時間。趕緊結束吧。」

亞斯帝國這邊也有在觀望情況的人，但還有戰鬥意志的人卻寥寥無幾。

因為光是一次魔法就讓亞斯帝國的一萬大軍瀕臨毀滅，他們會失去戰意也是理所當然的。

「誰都可以。讓我發洩一下這股難以平息的憤怒吧。」

阿爾斯身上散發出的憤怒殺意甚至超越了憎恨，周圍的魔力被繃緊到極致，然而那股幹勁卻彷彿被人潑了一盆冷水般地澆滅了。

「可以請您稍等一下嗎？」

「你是誰啊？」

那名精靈走上前去攔住了阿爾斯。

阿爾斯原本正想大鬧一場發洩怒火，被人打擾後心情更是直線下降。

也許是察覺到了那股氣氛，精靈慌張地開口了。

「恕我失禮。我叫維爾格・馮・阿肯菲爾德。」

接近阿爾斯的這名男子朝他行禮後，露出了爽朗的笑容。

「憑……？我聽說只有聖法教會的成員才能使用那個稱號。」

「是的，我是聖法教會麾下的聖法十大天──『第九使徒』。」

在這樣的地方居然會出現聖天，阿爾斯感到有點吃驚。

聖法教會和魔法協會雖然沒有敵對，但處於對立關係。

過去好像發生過幾次衝突，但並沒有分出勝負。

因為聖法教會擁有實力堪比魔王的聖天。

擁有如此強大力量的聖法教會，因為與亞斯帝國的建立有著深厚的淵源，雙方關係親密，而這也被認為是亞斯帝國擴張的原因。

不過，原本就像母鳥在保護雛鳥一樣受盡聖法教會寵愛的亞斯帝國，或許是開始對其干涉感到厭煩，最近兩國的關係降到了冰點。

儘管如此，聖法教會竟然還是派來一位聖天，可以想見他們應該相當重視這件事。

「我的名字是阿爾斯。」

「我知道，阿爾斯大人。」

照理說精靈族是一種會對非我族類者展現高壓態度的種族，但他的態度卻意外地謙遜客氣。

在他旁邊的父親奧夫斯露出訝異的神色。

所以這可能是罕見的景象。阿爾斯懷疑他是想讓自己掉以輕心來尋找破綻，然而，維爾格雖然似乎在努力維持平靜，但那粗重的鼻息不知道是怎麼回事，讓人感覺也像是在催促對方警戒的態度。

「所以你找我有什麼事？」

「我有一事想請教您——」

「原來你就是阿爾斯！終於出現了！」

一名肌肉發達的壯漢打斷了維爾格的話。

維爾格一瞬間流露出殺氣，但似乎只有阿爾斯注意到了這一點。

「你是誰……？」

「我是冠有帝國五劍之名的『第五席』……亞伯特。」

「哦，帝國五劍啊。」

那是亞斯帝國的最強戰力，君臨其頂點的五位魔導騎士。

繼聖天之後，連帝國五劍也出現了，可以看出他們認真的程度。

「亞伯特閣下，你沒看到我正在跟阿爾斯大人說話嗎？」

雖然維爾格表達不滿，但亞伯特似乎並不在意，用鼻子哼笑了一聲。

「哈，所以怎麼了？此處為帝國管轄，你必須把那傢伙讓給我。」

雖然不太清楚兩人的關係，但從他們的態度來看，交情好像不太好。

「這裡還在魔法協會的領地內，你這樣好嗎？」

「肯定會被唸個幾句吧。不過如果對手是跟亞斯帝國和聖法教會，就算是魔法協會也不會去管區區一個魔導師會變成怎樣。」

「原來如此，看來你有經過考量。」

的確，魔法協會不可能會為了阿爾斯跟聖法教會發生全面衝突。

「明白了嗎？乖乖束手就擒的話就不用受傷了。」

「雖然是很吸引人的提議，不過恕我拒絕。」

「你一個人能做什麼？我看你好像也沒有同伴啊？」

「這樣就綽綽有餘了吧。我看亞斯帝國的半數士兵都已經喪失鬥志了。」

「他們畢竟只是無能者的集團。不過，我可不一樣。」

亞伯特即使看了剛才的魔法也沒有失去自信，雖然態度非常傲慢霸道，但這也許意味著他擁有相當的實力。

在亞伯特的背後，維爾格正在對奧夫斯耳語。

「那麼，亞伯特閣下，如果是維爾特王國的尤莉亞公主還姑且不論，但吾等榮耀的亞斯帝國軍要是使出全力對付一個只是聽覺敏銳的普通人，那也太沒格調了。」

奧夫斯淡淡地開口表示，最後嘆了口氣搖搖頭。

「因為這麼做太丟人了，所以我決定交給亞伯特閣下。」

奧夫斯彷彿在唸著別人給的劇本似地說完了這段話。

在他旁邊微笑著的維爾格就如同串通好般地點頭贊同。

「奧夫斯閣下所言極是。對方是個孩子，我們全力以赴的話就太幼稚了。」

亞伯特環顧了一下四周的慘況，然後瞪向維爾格。

「孩子？你把做出這種事情的對象當成孩子嗎？」

「正是因為如此。要是再受到損害的話，就會影響到梅根布魯克邊境伯爵的領地防備。這本來應該是要跟阿爾斯大人好好對話的狀況。不過，好像只有亞伯特閣下一個人無法接受，所以這裡就交給您了。」

維爾格臉上貼著黏膩的笑容，挑釁般地放聲說道。

「對了，您要是感到不安的話，請現在就告訴我吧。只要說出『我不敢單獨對付他，所以請幫幫我』就可以了。」

「這個臭精靈……算了，我自己上。」

亞伯特咒罵道，但維爾格一臉淡然地當成耳邊風。

巨漢亞伯特肩扛大劍，重重踩著地面逼近阿爾斯。

「高興吧，小子。由我獨自對付你。」

「雖然不太瞭解你們那邊的情況……不過，我就老實地說聲謝謝吧。」

令阿爾斯吃驚的是，被譽為聖天的維爾格竟然意外爽快地退出了戰局。

照理說他應該是有什麼目的才會來到這裡，可是……看得出就連倖存的士兵們也感到困惑。

他們也毫不知情。這無疑是突然改變了方針吧。

但是這對阿爾斯來說正好。他可沒有那麼多閒工夫與他們周旋。

因為他必須去支援尤莉亞她們。

「你這小子怎麼了？態度突然這麼乖巧。」

「說實話，我沒有信心對付這麼多人。」

阿爾斯聳聳肩，亞伯特愉快地笑了笑。

「哈哈，小子，你怕了嗎？」

「嗯，是啊，也許吧。」

阿爾斯同意似地點了好幾次頭。

「如果沒有時間的話，要不殺掉所有人留下活口很困難呢。」

阿爾斯嘲弄似地用鼻子哼了聲，臉上浮現輕佻的笑容。

雖然是極為狂妄的發言，但既沒有人否定，也沒有人嘲笑。
就連亞伯特都啞口無言，只有維爾格高興地眯起了眼睛。
「帝國五劍啊……感謝終於讓我遇到強敵了。」
阿爾斯伸出手臂，挑釁般地勾起手指。
「這正好能考驗我至今為止獲得的經驗。請你務必讓我瞭解自己的程度。」
阿爾斯露出了大膽無畏的笑容。
「臭小鬼，我要宰了你！」
亞伯特渾身散發著怒氣，朝他發動了攻擊。

＊

『崩潰的理想鄉』——曾經是古代繁榮的大都市。
如今那個景色已經不復存在，昔日的輝煌被掩埋在瓦礫和廢墟中。
一名少女踏入了這樣一座風化的歷史遺跡。
「我是維爾特王國的第一公主尤莉亞。」
尤莉亞一頭銀髮隨風飄揚，瞪著坐在前方瓦礫上的男人。

「你就是『施德公會』的萊勒——卡吉斯嗎？」

「沒錯……妳難不成是一個人來的嗎？」

卡吉斯驚訝地環顧四周，當他確認沒有任何人後，笑了起來。

「原來如此，原來如此……維爾特王國的公主好像血氣方剛呢。」

「所以小琪茲沒事吧？」

「哦，她當然好得很。」

卡吉斯打了個響指。

隨後，一名亞斯帝國士兵的身影就映入她的眼簾，那名士兵手上拿著裝有嬰兒的籃子。

「正如妳所見。不過話說回來，我實在很意外。我正想說該怎麼抓到妳，沒想到妳居然是個會一個人來自投羅網的傻子……」

「很高興為你省去了一些麻煩。那可以請你把小琪茲還給我了嗎？」

聽到尤莉亞的話後，卡吉斯在瓦礫堆上站起身來張開雙手。

「我們的要求只有一個，尤莉亞公主，請妳和我們一起來。」

在卡吉斯說話的同時，從周圍的陰影中不僅出現了『施德公會』的舒勒，還冒出了身著亞斯帝國鎧甲的士兵。

「妳打算怎麼回答？」

「那當然是——」

尤莉亞勾起嘴角，露出了妖豔的笑容。

「——我會殺光你們所有人。」

「啥？妳在說什麼……妳理解這個情況嗎？」

看到尤莉亞突然變了個人似的，卡吉斯驚訝地皺起了眉頭。

「哎呀，你沒聽見嗎？那我再說一遍。」

尤莉亞從劍鞘中拔出長劍。

「我說——去死吧。」

她輕柔地撫摸著在陽光下閃耀的劍刃。

那個動作過於煽情，不分男女都會被撩撥起情慾。

「就用我的長劍來疼愛你的脖子吧。」

「紫銀色眼睛，銀色頭髮……聽說妳美若天仙，卻也心狠手辣，我現在算是明白了。」

卡吉斯似乎瞬間識破了尤莉亞的真面目——她的本性。

「看到妳那副清秀的外表後，我本來還不太敢相信妳毀滅了帝國第二軍團的傳聞，不過……」

尤莉亞那楚楚可人的美貌中已不復見原本安穩平靜的氣氛，冷酷佳人褪去溫柔後的銳利鋒芒逐漸顯現。

「哼，不愧是被比喻成『白夜叉』的女人呢。」

「既然明白了，你就去死吧。」

尤莉亞白皙的皮膚開始泛起淡藍色澤。

「腐朽聖堂，渾濁彗星，無人能及，此身未消，凝望前方——」

閃耀著紫銀色光芒之眼睛所蘊藏的殺意，以及她渾身纏繞的殺氣都可怕到讓人不寒而慄。

「舞動吧——『光速』。」

詠唱結束的同時，尤莉亞的身影從卡吉斯的視野中消失了。

就在這一瞬間——『施德公會』的舒勒們接連不斷地發出慘叫聲。

『什麼!?』

『當心點，是那個女人的魔法！』

『什麼？她從哪裡發動攻擊的？廢棄詠唱了嗎!?』

『腳啊，我的腳——！』

尤莉亞運用『光速』以壓倒性的速度屠殺敵人。

那神速的身影是無法捕捉到的。

卡吉斯也只能拚命循著發出慘叫聲的位置來進行追趕。

「喂喂……這就是【光】魔法嗎？這是要我怎麼對付這種東西？」

有些人斷手斷腳，有些人甚至連自己死了都不知道。

不知道痛苦就逝去是一種幸福嗎？還是知曉痛苦而存活是一種不幸呢？

卡吉斯的同夥們被拖入生與死的狹縫中。

「可惡，她不可能長時間行動！別讓嬰兒被搶走，退後！」

卡吉斯大吼一聲，那名負責看管嬰兒的士兵便退到後方。

其周圍部署了十名左右的士兵，但他們的頭一個接一個被砍飛出去。

儘管如此，因為那些做好必死決心的士兵以肉身組成人牆，才避免了嬰兒被奪回的最壞情況。

「這樣子不行……先重整態勢，再採取對策——」

「你覺得我會給你那種時間嗎？」

一道格外溫柔的聲音從背後傳來。

卡吉斯感覺到一隻手溫柔地放在他的背上。

「——我會殺光你們——」

那道冰冷徹骨的聲音讓卡吉斯感到一股毛骨悚然的寒意，他的喉嚨因恐懼而發出聲響。

但僅是這麼一瞬間，他便察覺到對方身上釋放的殺氣，立即從原地跳開。

「該死——嗚咕!?」

儘管如此，對方還是以超乎想像的速度斬斷了卡吉斯的左臂。

「我、我的手臂……可惡，開什麼玩笑！」

卡吉斯按住噴血的肩膀，轉身想反擊，然而卻撲了個空。隨後他失去平衡，以膝蓋著地，跪倒在地上。

一個陰影落在他的頭上。

「你出血很嚴重呢。那這個就還給你吧。」

吧嗒一聲被扔到卡吉斯面前的，是到剛才為止都還接在他肩膀上的手臂。

「如果有能使用恢復魔法的人，說不定還接得回去呢。」

卡吉斯不自覺地伸出了右臂，卻沒有抓到自己的左臂。

——因為一條火焰之蛇朝他飛來了。

「什麼!?」

卡吉斯急忙往後跳開，他的面前升起一道火焰之牆。

與此同時，附近響起了爆炸聲。躍入他眼簾的是召來支援的亞斯帝國兵和『施德公會』的成員們紛紛倒下的樣子。

而站在他們面前的是──

「維爾特的那群傢伙來了嗎……」

「哇，討厭。我好像踩到什麼奇怪的東西了。」

一道莫名輕快的聲音引起卡吉斯的注意，他循聲看去，發現火牆已經消失，一名紅髮少女站在尤莉亞的身邊。

「這髒東西是什麼……垃圾？」

紅髮少女一腳踢飛的是卡吉斯已經化為焦炭的手臂。

以那個損壞程度，即使使用恢復魔法也無法再次接回去了吧。

大概只有古代諸神使用的神祕魔法才救得回那隻手臂了。

「哎呀，那邊那位奄奄一息的仁兄……對不起，你是誰呀？」

「……我是『施德公會』的萊勒──卡吉斯。」

「哦，這樣啊，我是『維爾特公會』的萊勒──卡蓮。」

卡蓮大大方方地自我介紹，尤莉亞一把抓住她的肩膀。

「等一下。卡蓮妳在這裡的話，表示阿爾斯是一個人嗎？」

「所以沒時間玩了。我們得趕快救回小琪茲，然後去支援他。」

「說、說的也是。我好像太過失去冷靜了。」

「這是姊姊的壞習慣呢。算了，可以之後再反省，現在先專心救出小琪茲吧。」

「好，總之我會只殺礙事的人。」

尤莉亞把手放在胸前反覆深呼吸，卡吉斯見狀咂嘴。

「嘖，真是一群胡鬧的傢伙……我會讓你們付出奪走我手臂的代價。」

「閉嘴。敢對我的『家人』出手，你罪該萬死。」

卡蓮怒目而視。

「那是我的臺詞，小丫頭。既然如此，我們就來場總體戰吧！」

卡吉斯也不服輸地咆哮道。

「聽著！勇敢的帝國士兵啊，我『施德公會』的精英們啊！」

卡吉斯拔出插在腰間的劍，把劍尖對準了尤莉亞。

「別害怕，向前衝吧。讓這些小姑娘知道我們的可怕！」

在卡吉斯下令的時候，『維爾特公會』的舒勒也陸續聚集到卡蓮的周圍。卡蓮自豪地看著他們，露出了笑容。

「哈，好極了！我會讓你後悔。大家聽好，擊潰那群傢伙！」

在卡蓮的指示下，後方的舒勒們開始詠唱。

各處出現五顏六色的魔法陣，即使在淒慘無比的場所也極其美麗。

不，正因為如此，魔法陣才會更加鮮明、更加鮮豔地閃耀吧。

卡蓮環顧四周後，滿意地點頭。

「沒錯，將憤怒注入魔力中。魔導師要冷靜地進行詠唱。」

卡蓮察覺到朝自己衝過來的敵人，舉起了她手中的長槍。

「九條之繩，破籠成鐵，狹縫之間，螢火輪舞——『炎柱』。」

卡蓮把長槍刺向大地，紅蓮火柱以驚人的氣勢從地面噴出。

被捲入其中的『施德公會』的成員們變成了火球，痛苦掙扎。

那個魔法成為攻擊的信號，周圍也爆炸聲四起，吞噬了悲鳴聲。

「疑似是埋伏的人已經解決掉了。」

艾莎不知從哪裡冒了出來，站在卡蓮的身邊。

「不愧是艾莎。妳做得很好，辛苦了。之後就是必須想辦法解決亞斯帝國的那群傢伙。」

在壓倒性的火力面前，『施德公會』的氣勢盡失，不再有人敢貿然衝過來。不過，或許是領悟到形勢不妙，在後面待命的亞斯帝國魔導師們開始詠唱。

「沒必要乖乖站著接招。艾莎，可以交給妳嗎？」

「看起來都是C級魔導師。沒問題，我會把他們全解決掉。」

艾莎往地面一蹬，身體浮到了半空中。

她的雙手緊握住弓弦，將三支箭拉到了極限。

艾莎以難以目視的速度拉弓放箭，箭矢接連刺入亞斯帝國魔導師的腳邊。

『嗚——咕哇!?』

幾名亞斯帝國魔導師被嚇到中斷詠唱，導致魔力失控而炸飛出去。

雖然也有人保持著專注，沒有停止詠唱——

「隔離外界，滔滔砂花，行雲流雪，聲音止息，色彩褪盡，掙扎並消散吧——『大冰原』。」

插在地面上的箭中溢出冰冷的空氣，包覆住亞斯帝國的魔導師們。

他們甚至沒來得及尖叫就瞬間結凍了。

「未來的丈夫正在等我。我不能手下留情。」

艾莎落地後用腳後跟敲擊地面，冰凍的亞斯帝國魔導師們便碎裂四散了。在其周圍，『維爾特公會』的舒勒們正為了拯救嬰兒而奮力拚搏，『施德公會』雖然人數更勝一籌，但其水準卻遙遙落後。

「你們在幹什麼!?竟然表現得這麼不像樣！」

卡吉斯惱怒地斥責。

「我們的人數比較多。包圍他們！包圍起來殺了！」

＊

「太美妙了……啊，多麼美麗啊！」

維爾格用著恍惚的神情凝視著阿爾斯。

在他的眼前展開著一場單方面輾壓的比試。

帝國五劍的亞伯特和身穿黑衣的阿爾斯正在一對一進行戰鬥。

阿爾斯不知為何似乎在克制自己不使用魔法，但他運用武術制壓亞伯特的方式非常出色。

不，準確地說那並不是武術。

因為從他的動作中感覺不到經年累月的鑽研和累積。

然而，身經百戰並百鍊成鋼的亞伯特卻被他玩弄於股掌之間。

阿爾斯身上那股與年齡不相符的威嚴，以及那毫不矯揉造作的自然態度都讓人目眩神迷。

「誘導亞伯特閣下跟他單挑是正確的。不過，如此英才為何會被幽禁呢?唉……」

維爾格發出了一聲感嘆，其中也帶著對奧夫斯的譴責。

阿爾斯就像在粉碎亞伯特的自尊心一樣，用單手接住了巨劍。

那是非常漂亮的魔力操作。

他彷彿早就預知巨劍的落點，凝聚魔力並將手放在那個位置來擋下斬擊。

這不是普通能辦到的事。即使是被稱為聖天的維爾格都會感到猶豫。

要是一個失誤，可能就會被切成兩半。

但只要成功的話，大概沒有其他比這更有效的精神攻擊了吧。

維爾格欣賞著他的深奧祕法，獨自一人鼓掌叫好。

「可惜。實在太可惜了。看到如此奧妙的魔力操作，居然沒人發出歡呼。人類果然很愚蠢。」

確認了周圍的情況後，維爾格面露厭惡地嘆息道。

亞斯帝國軍一片鴉雀無聲。

因為帝國軍的最強戰力——大名鼎鼎的帝國五劍根本不成對手。

就連阿爾斯的父親奧夫斯都目瞪口呆地看著自己原本的兒子。

「言歸正傳，奧夫斯閣下，我有件事想問您。」

「……什麼事？」

或許是還不敢相信那是自己的兒子，他雙眼茫然，彷彿在做白日夢。維爾格看到他那副滑稽的模樣，內心深處萌生殺意，但是絲毫沒有表現出來。因為奧夫斯還有利用價值。

「他的天賦真的只有【聽覺】嗎？是不是還有其他的？」

「確實只有【聽覺】。雖然無法解釋現在的情況……」

「我也考慮過他到達『天領擴大』的可能性，但可以使用其他魔法系統的事還是讓人無法理解。莫非他的天賦並不是【聽覺】？」

維爾格喃喃說道，但奧夫斯否定地搖了搖頭。

「阿爾斯絕對是【聽覺】沒錯。而且，當初為他診斷的助產士正是聖法教會派來的巫女。」

「唔，被您這麼一說……確實是如此呢。」

維爾格苦笑道。

其實在得知阿爾斯的存在後，他就從聖法教會那裡索取到當時的資料。

那份資料記錄得非常詳盡，堪稱完美。

不管是出生時間、母子姓名還是天賦，乍看之下是毫無問題的診斷書。

然而，只有一點很奇怪。

資料上並未填寫當時聖法教會派去的助產士是誰。

當然，他也請聖法教會調查那名『巫女』的名字，但得到的回覆卻是……

——身分不明（Unknown）。

當維爾格聽到這個結果時，忍不住笑了出來。

因為那是不可能的事。

因為留有記載，聖法教會必定掌握了一切細節。

既是如此，聖法教會毫無疑問是有意隱瞞。

也就是說，這是聖法十大天無法企及的高層所做的決定。

「維爾格閣下，你怎麼突然不說話了？」

「沒什麼，我只是在想點事情。關於他的天賦，還剩下一種可能性——他也許是多重天賦。」

「那也不合理啊。不管是誰都只有一個諸神賜予的天賦，沒有例外。絕不可能有人被賦予多重天賦。」

「您不知道也不奇怪，其實這並非絕不可能的事情。」

諸神賜予的天賦確實一生只有一個，是與生俱來的能力。

但是聖法教會裡有一個驚人的記載。

只有一部分人知道此事。

「以前曾只有一人被認為擁有多重天賦。」

「有那樣的人嗎？」

奧夫斯睜大了眼睛。維爾格點點頭，神情高深莫測地答道：

「擁有多重天賦者出現在很久以前的年代，要追溯到聖法教會創立之初。」

過去曾有一位最為偉大的魔導師。

他創造出許多魔法，是奠定魔法基礎的人物。

他的功績得到認可，受到諸神祝福，到達神人的境界後獲得多重天賦，

而且他還因為參與了聖法協會的創設，被世人尊為聖帝，不知不覺就登上了教皇的寶座。

然而，即便擁有各種榮譽和名聲，他卻不服從制定聖法教會方針的諸神，率領三分之一的魔導師掀起反旗。

最終他成立了魔法協會，被稱為魔帝，但是其力量讓諸神和聖法教會備感威脅，於是聯手葬送他的性命。

即便是現在也能知道那是一場什麼樣的戰爭，規模又有多麼龐大。

只要去一趟失落大地就行了。

大陸北部的地形發生劇烈變化，強大的魔物如雨後春筍般湧現，只有滿足特定條件的人才有辦法居住在那裡。即使是千年後的今天，那場戰爭對後世仍影響深遠，僅此就能理解那是多麼慘烈的戰鬥。

「你是說阿爾斯能成為魔帝嗎……？」

「我的意思是有這種可能性。還有之前也說過了，您最好注意自己的用詞，在聖法教會的人面前請稱之為聖帝，不要用魔帝這種稱呼。要是被我們的信徒聽見了，您會被殺喔。」

「是這樣沒錯……所以你打算怎麼辦？」

「事態確實是變得很糟糕。」

倘若阿爾斯就像曾經存在過的神人一樣踏入了神之領域，那麼他肯定是在某個地方跟神有所接觸。

如果是這樣，就可以理解他為何可以使用其他魔法系統。

『漆黑之星』自不必說，像他這般優秀的人才，本來就應該被迎接到聖法教會並取得相應地位。維爾格無論如何都想把他帶回去，但現在情況不太妙。

阿爾斯對聖法教會和亞斯帝國的印象太差了。

要是打從一開始就知道他持有多重天賦的話，應對方式也會有所不同。

「真是給我添麻煩。不，我也有不對的地方……」

原本他打算先確認阿爾斯的真面目，看他是否為『魔法之神髓』後再將他抓起來。他認為對方反正不會是白色系的魔導師，所以採取了強硬的手段。

「先前可能因為是【聽覺】而無意識地看不起他吧。真是的……像我這樣的人居然犯下這種失態。但這還不到致命的程度，尚有挽回的餘地。」

維爾格認為繼續刺激阿爾斯並非上策。

「我想您已經察覺了，但我要在此清楚地向您申明。聖法教會將徹底退出追捕尤莉亞公主和阿爾斯大人的事情。」

「你把事情搞成這種樣子，然後要棄我於不顧嗎？」

「不，我會幫助梅根布魯克家族。責任必須讓其他人來承擔。」

身為阿爾斯父親的奧夫斯還有利用價值。

阿爾斯今後會邁向什麼樣的道路還尚未可知，萬一他快要誤入歧途時，奧夫斯就是必要的籌碼。如果知道派不上用場的話，到時再處理掉就沒問題了。

「先把阿爾斯抓起來，重新檢查天賦後再決定也不遲吧？」

「這也是一種方法，但我不想再得罪阿爾斯大人了——不，嚴格地說，我不想貿然出手去……冒犯為他著迷的神。所以，必須讓他自願加入我們這邊。」

「可是……如果得罪皇帝陛下——」

奧夫斯還想爭論，但他的話梗在了喉嚨裡。

原因是維爾格把那張端整秀麗的臉龐湊近了他，銀眸裡充滿殺意。

「下等生物，別太狂妄自大了。你要搞清楚，就連拿皇帝來跟他相提並論都是一種放肆。」

他的銀眸中泛著彷彿在看牲畜的鄙夷之色。

然而，那張臉上依然掛著笑容，更是讓人感到毛骨悚然。

「如果不能接受的話，就只能毀滅亞斯帝國了。」

他激烈的發言讓奧夫斯臉色發白，說不出話來。

維爾格見他那樣，若無其事地斂起了殺意。

「抱歉，失禮了。不過，想必聖法教會也會同意吧。」

聖法教會會優先保護神人，而不是討好皇帝。

唯一確定為神人的只有一千年前成為魔帝的聖帝。

他是第一個也是最後一個神人，從那之後，教皇寶座就始終空缺著。

考慮到其價值，皇帝的話根本不值一聽。

另外，一旦魔法協會得知了阿爾斯的事情後，也會不肯退讓吧。

魔法協會的魔帝寶座當然也是從一千年前就空懸至今。

空席千年之久的第零位階——『神位(Jupiter)』。

如果出現統率所有魔王的新領導者，協會應該也會舉起雙手歡迎。

聖法教會和魔法協會。要是出現一個對雙方而言都應該成為接班人的對象，爭奪戰將在所難免。

不，會演變成戰爭。

恐怕會引發一場席捲全世界的大規模戰爭吧。

「這是我們兩人之間的祕密，希望您守口如瓶。還不能讓魔法協會察覺。」

維爾格說完後再次望向單挑的兩人，阿爾斯和亞伯特的戰鬥已經結束了。

「憑『第五席』的程度果然不行嗎？畢竟只是個因為家世而非實力所授予的末席。」

雖然很遺憾，但以亞伯特的水準似乎無法完全引出阿爾斯的力量。

（反正都要處理掉，就請亞伯特閣下再配合一下吧。這也是為了向『第一使徒』說明。）

當維爾格正在思考新的陰謀時，他感覺到身旁的奧夫斯點了頭。

「……我明白了。」

這麼一來奧夫斯就會站到自己這邊，但可能還需要再推一把。

今後的梅根布魯克家族，成為其繼承人的兒子與他的妻子也應該加以利用。

拿他們當盾牌來威脅的話，應該會成為一枚方便的棋子。

梅根布魯克家族似乎擁有血統天賦，但與稀世天賦相比並不算珍貴。而且既然有阿爾斯在，就算剷除梅根布魯克一族也不會被抱怨。因為梅根布魯克的血統天賦雖沒有在阿爾斯身上顯現出來，但確實存在其血脈當中。

維爾格一邊盤算著這種壞主意，一邊靠近阿爾斯，單膝跪地向他叩拜。

「請原諒我。我為自己迄今為止的無禮行為向您道歉。」

阿爾斯對突然態度丕變的維爾格露出了訝異的神情。

這也難怪。就連維爾格自己都覺得自己現在的模樣就像小丑一樣滑稽。

但是他不能錯過這個機會。

為了聖法教會，他無論如何都要把阿爾斯帶回去。

考慮到其價值，無論會怎麼被罵或出多少洋相都是小事一樁。

「這麼突然是怎麼了……？」

「您遲早會明白原因的。」

他現在還沒必要知道。維爾格期盼他能更瞭解魔法，探究奧祕，並瞄準更高遠的目標。

為了有朝一日能為聖法教會使用那種力量，希望他能掌握到魔法的真理。

「其實我一開始就是站在您這邊的。無法阻止亞伯特閣下的失控，我內心深感難受。不過，看到阿爾斯大人獲勝我就放心了。」

這麼一個赤裸裸的謊言，就連在旁邊聽的奧夫斯都感到驚訝。

更何況他臉上的笑容還不是那種面對別人的客套笑容，而是宛如面對同族或家人一樣，洋溢著發自內心的喜悅。

「嗯……是嗎？那你打算怎麼辦？」

「雖然稱不上賠罪，不過我就釋放維爾特王國的士兵吧。」

維爾格向奧夫斯使了個眼色，維爾特王國的士兵就如言被釋放了。

維爾特的士兵們看起來充滿困惑，但他們似乎明白救世主是阿爾斯，於是湊過去開始跟他交談。

之後，維爾特的士兵們便朝著魔法都市方向跑去。

「那麼今天就此告辭了。阿爾斯大人，我衷心期待與您再次相會。」

維爾格騎在馬上，命令士兵帶回昏迷的亞伯特。

現場只剩下奧夫斯和阿爾斯。

沉默良久後，奧夫斯先開口了：

「你明明擁有這樣的力量，為何一直老實被關著？」

「因為我在收集世界各地的情報，為了在『外面』生活做準備。」

「哪怕只有一點點也好……要是你在我面前展現出那股力量——」

吧。

「為了維護你的虛榮心和自尊心嗎？我辦不到。那種事情讓我想吐。」

面對有如利刃般鋒利果決的拒絕，奧夫斯臉上浮現苦澀的笑容。

阿爾斯說的沒錯，就算他會使用魔法，奧夫斯也只會為了自己的虛榮心和自尊心而利用他

即使從幽閉中解放出來，還是改變不了跟道具一樣的待遇。

和現在不同，那應該稱不上真正的自由。

「你應該很怨恨我吧。」

「不，多虧被關在塔裡，我才能安靜地聽到『聲音』。那裡是個好環境。」

奧夫斯差點脫口說出「你這是諷刺嗎？」，但阿爾斯的表情卻很坦然，可以理解他這句話

並非另有含意。令人驚訝的是，他應該是真的這麼想的。

「你為什麼不怨恨？為什麼不生氣？為什麼不想復仇？如果是現在的話，你就算殺了我也

可能不會被問罪。」

奧夫斯也不知道自己為何會說出這樣的話。

或許是出於後悔。也許是想要贖罪。

奧夫斯自己也無法掌握自己現在懷抱著什麼樣的心情。

「我何必做那種沒有意義的事？」

相較於奧夫斯，阿爾斯的話中沒有絲毫猶豫。

奧夫斯第一次知道，他說話竟然能如此直言不諱，毫不客氣。

其聲音充滿英氣，散發出內在的自信。

站在自己眼前的，既是兒子也不是兒子。

在那裡是一個自己根本沒有嘗試去理解的兒子。

正當奧夫斯無話可說時，阿爾斯拿出一條項鍊。

「……那是什麼？」

「這是母親的遺物。她生前託付給我，要我把它交給你。」

「為什麼是現在？」

「因為我們終於可以好好對話了。」

「…………是這樣沒錯。」

奧夫斯為自己沒想到這再明白不過的答案感到羞愧，俯下臉來。

已故的妻子是以怎樣的想法，把這條項鍊託付給兒子的呢？

和亡妻生前的回憶不斷湧現在他的腦海中。

她肯定是想要居中斡旋阿爾斯和奧夫斯的關係吧。

由於那件事沒能實現，所以她把這個心願寄託在項鍊裡。

然而，自己卻執著於血統天賦，做出了錯誤的選擇。

從未試著去瞭解阿爾斯，一心投入『魔法開發』，最後還擅自拋棄了他。

然後一直做出錯誤選擇，最終到達的結局就是現在。

「我正在趕時間，所以我要走了。以後不會跟你再見面了。」

就如同從手中散落的沙子一去不復返，已經放手的兒子也不會再回來。

「………我明白了。」

看著項鍊的奧夫斯一抬頭，兒子已經不見蹤影了。

他回想起阿爾斯逃跑那天的記憶。

「沒錯……就是這樣。」

那天也是，明明有好幾種選項，自己卻做出了錯誤的決定。

「一旦毀壞了……失去了就不會回來了。」

所有的一切都在崩塌——奧夫斯陷入這種奇妙的錯覺，而拯救他的是手裡的那條項鍊。明明冰冰涼涼的，卻感覺很溫暖。

奧夫斯感受到這種奇異的感覺，抬頭望天，露出自嘲的笑容。

「……菲莉亞，妳說的沒錯。」

＊

『我的哥哥是世界上最強的魔導騎士。』

美麗的妹妹在送別亞伯特時總是這麼對他說。

亞伯特身為亞斯帝國四大貴族之一的施瓦雷家族的嫡男，出生時就擁有血統天賦【雷霆】。

他享有得天獨厚的生活、註定好的成功，人生一帆風順，可以說沒有遇到任何挫折。

儘管如此，他也沒有沉溺於自己的才能，比任何人都更加努力鍛鍊。

為了能持續成為心愛妹妹的目標，他一直奮戰至今。

但是突然之間，眼前卻變得漆黑。他被困在了一片巨大的黑暗中。

由於那個可恨的無能者——

「這裡是哪裡？」

亞伯特按住頭坐起身來。

一道額外響亮的聲音震動著耳膜，增強了他的頭痛。

亞伯特環顧四周，確認自己所處的狀況。

他正坐在一台板車上。

當車輪輾過碎石時，身體便會隨之搖晃，石頭被輾碎的聲音在他的腦海裡強烈迴響。

亞伯特理解了原因，而騎馬隨行在側的雷克探頭看向他的臉。

「太好了。您醒過來了嗎……」

「在那之後發生了什麼事？」

「您不記得了嗎？」

雷克一臉驚訝。光是看那個反應，他就知道自己狼狽落敗了。

「……我輸給了那個小鬼嗎？」

「是的。而且維爾格閣下決定撤退，並釋放了維爾特王國的士兵。」

「那個該死的精靈。到底在想什麼……所以那兩人去哪裡了？」

維爾格和梅根布魯克邊境伯爵不見人影。

倒不如說也沒看到邊境伯爵的士兵，周圍只有他自己的部下。

「比我們先行一步回去了。」

「竟敢瞧不起我！」

亞伯特氣憤地一拳砸在板車地板上。

木板裂開，拳頭穿透過去，聲音跟衝擊讓馬匹受驚而停了下來。

「還、還有，維爾格閣下要我將這個轉交給亞伯特大人您。」

雷克被亞伯特熊熊怒火嚇得渾身發抖，拿出了一個小袋子。

「那是什麼？」

「他只告訴我說一看就會知道。」

亞伯特接過小袋子，打開來看。

「這是……藥嗎？」

他把東西倒到手上，看到四顆像是藥丸的東西以及一張白紙。

將紙展開一看，上頭以優美的筆跡寫著維爾格的話。

「哦……這就是那個……哼哼，精靈偶爾也是會派上用場。」

他在不知不覺中就輸了。雖然是當然的事，但他還是沒有戰敗的自覺。

正因為如此他才生氣。這感覺就像在自己不知道的地方遭人誣陷一樣。

「您該不會還要跟他戰鬥吧？那傢伙太異常了！下一次會連命都——」

雷克臉色大變，拚命喊道，但一隻粗壯的手臂伸過來抓住了他的脖子。

「閉嘴。把傳送魔法石給我，我現在立刻去跟『施德公會』會合。」

亞伯特將藥丸全部都扔進了嘴裡。

「『火焰彈』。」

卡蓮的指尖出現了深紅的魔法陣，火焰一邊畫著圓圈一邊衝撞敵人。

看著被彈飛出去的『施德公會』魔導師，卡蓮嘆了口氣。

「廢棄詠唱果然很難啊。威力太弱了。」

在她能使用的魔法中，這是威力最低且最單純的一招。

儘管如此，還是沒辦法注入足夠的魔力，威力也比平常差得多。

只能告訴自己沒有魔法失控就算不錯了。

「我還得再練習一下。或者應該向阿爾斯請教訣竅會比較快呢？說起來，他為什麼能那麼簡單地就廢棄詠唱啊？真是太不合理了。」

卡蓮環顧四周，戰鬥正漸入佳境。

火星飛舞，濁流四溢，濃霧飄浮，地鳴使大地發生了變化。

雖說是戰場，但魔法的交鋒在這個充滿神祕色彩的地方創造出了美麗景象。

「雖然我覺得他們已經沒辦法翻盤了……」

由於尤莉亞的搶先攻擊，局勢對我方相當有利。

現在，舒勒們正包圍著『施德公會』的魔導師，逼得他們無路可逃。亞斯帝國的魔導師則幾乎都已經被艾莎解決掉了。

「艾莎，我方的損失是？」

「只有六人受傷。我已經讓他們撤離戰場了。考慮到對方的人數，這算是非常成功吧。」

「小琪茲順利救出來了嗎？」

「那邊也沒有問題。我剛剛收到消息，孩子已經安全獲救了。應該很快就會到這裡來。」

艾莎這樣回答後，也許是為了緩解緊張，伸了個懶腰發出了舒暢的聲音。已經確信勝利的她臉上沒有一絲緊張。

「小琪茲也救回來了，損失也很輕微，這都是託姊姊的福。」

「那個狀態的尤莉亞大人是無法阻止的……但是，她用了那麼多次『光速』的話，魔力應該已經快見底了。」

就在戰鬥即將邁入尾聲時，話題人物——尤莉亞正在跟『施德公會』的萊勒，也就是第四位階『座位』的卡吉斯對峙。

「真是個可怕的女人。『白夜叉』本人更勝傳聞……和帝國的情報完全不同。」

看著表情陰森駭人的尤莉亞，卡吉斯用手背擦了擦下巴滴落的汗。

尤莉亞露出一抹輕笑，猛然揮動長劍，甩掉劍上沾到的鮮血。

在她的周圍倒臥著『施德公會』的成員們，他們都受到斬擊而痛苦呻吟著。

「我不太喜歡那個名稱。我只是反擊那些襲擊村莊、城鎮和王都的人而已，為什麼要被取這種稱號……」

「倒不如說妳為何不高興？這表示妳有那種程度的力量，被認為是強者。一般來說應該會充滿喜悅吧。」

「我沒有興趣。只不過是打倒了『弱者』，如果不打敗『強者』卻受到讚賞是有什麼好高興的？」

尤莉亞淡淡地低語道。跟阿爾斯在一起的那個溫柔少女不復存在。

但是，美得不可方物。

褪去稚氣的高貴氣質洋溢著耀眼的優雅，散發出魅惑他人的性感魅力，讓她身上纏繞著一股妖豔的氣氛。

她化為絕世美女，溫柔的眼眸增添了幾分冷冽，銳利地注視著敵人。

「那麼，你的人頭我就收下了。不能讓一個綁架嬰兒的邪惡之人活在世上。」

「勝利的手段有好幾種。所以，這裡就——」

「『光牢』。」

廢棄詠唱的魔法立刻發動。

卡吉斯的頭頂上出現了一個白色魔法陣，光柱傾瀉而下。

他因強光刺眼而閉上眼睛，再次睜眼時，發現自己被關在了光之牢籠裡。

「這是什麼……？」

牢籠空間非常狹窄，只要稍微一動，身體的一部分就會碰到牆壁。

尤莉亞在『光牢』的外面，用手觸摸著光牆，對卡吉斯說道：

「你方才想要逃跑，對吧？」

尤莉亞輕聲說道，將她的長劍從光柱的縫隙中刺了進去。

「嘎啊!?」

劍尖刺入了卡吉斯的大腿，鮮血開始不停湧出。

「……你剛才好像很想知道『光牢』的事，所以我就回答你。」

尤莉亞露出近乎狂喜的笑容，伸舌頭舔了舔淡粉色的嘴唇。

那是不論男女老少都會被激發情慾的動作。

就連因疼痛而皺著眉頭的卡吉斯也不禁看得一時失神。

「這其實是一種『拷問』魔法。『光牢』只有一個特殊的縫隙。如果把武器插入其中，刀尖就會刺進受困者身體的某處。但是絕不會刺中要害，請放心。」

尤莉亞以聖母般慈愛的目光看向卡吉斯。

「慢慢地死去更能感受到活著的實感，你也很高興吧？」

尤莉亞用力握緊劍柄，猛然刺出劍刃。

這是絕對無法躲避的攻擊。

沒有辦法閃開，而且多次刺入武器的話，刺中的部位也會改變。

手臂、肩膀、腳、腳趾、大腿——卡吉斯在劇痛中瘋狂掙扎舞動。

「不！別這樣！啊！住手！拜託妳住手！」

「呵呵，我真是感到心痛呢。但我不會輕易殺了你。」

「不，原諒我……!?」

「你傷害了舒勒們的罪過——就用痛苦來償還吧。」

卡吉斯的指甲剝離，肉被削落，手指彈飛，手腕被斬斷。

他噴出來的血全部被光吸收，注視著他的尤莉亞全身潔白，沒有一絲汙穢。

「請、請原諒我……求求妳住手!?」

「在死亡來迎接你前，你就持續請求饒恕吧。你將永遠痛苦下去，直到你贖清罪孽為止。」

雖然是殘酷的話語，但她的聲調卻凜然清冷，聲音甜美得令人渾身酥麻。

卡吉斯持續不斷被劇痛襲擊，原以為會就這樣染上絕望時——

「你們在做什麼！」

一道粗厚的嗓音響徹四周。

「這是怎麼回事，搞成這副狼狽的模樣，你們這樣還算是充滿榮耀的亞斯帝國魔導師嗎！」

說話者是亞伯特，他正站在一棟坍塌的廢棄房屋上。

他肩上扛著一把大劍，魁梧的身軀因憤怒而顫抖，額頭上青筋暴起。

「尤莉亞公主，好久不見了。」

亞伯特從廢棄房屋上一躍而下，著地後朝著尤莉亞走來。

「是啊，我記得你是亞伯特閣下吧？」

尤莉亞對亞伯特的臉還記憶猶新。因為他是自己絕不會忘記的可恨敵人。

雙方在維爾特王國和亞斯帝國的戰場上也對峙過。

尤莉亞被俘虜時承擔護送任務的負責人也是他。

「你的身上還留有阿爾斯的魔力殘渣。」

「……那種事看得出來嗎？」

亞伯特停下腳步露出驚訝的表情，尤莉亞看著那個樣子笑了一下。

「對，他的魔力很特別。不過很可惜，你似乎看不到那美麗的光芒。但從那個樣子來看，你好像輸得很慘呢。」

「——小丫頭，看來妳找死。」

亞伯特身上怒火升騰而起，但尤莉亞見狀冷笑一聲，依舊冷冷地看著他。

「呵呵，殘兵敗將就算逞強也不可怕。」

「盡是一群小瞧我的傢伙。」

亞伯特蹴擊地面，捲起煙塵跳向空中。

極為驚人的跳躍力。他順著這股氣勢，猛然朝尤莉亞揮下大劍。

尤莉亞試圖招架——

「喝啊！」

亞伯特大喊一聲，用力扭轉身體。

在空中被修正軌道的劍刃，避開預測的落點逼近尤莉亞。

尤莉亞瞬間反應過來，試著彈開大劍。

剎那間——兩劍激烈交擊，火花四濺。

「唔⁉」

尤莉亞不僅不敵其力道，還被衝擊力震飛了。

但是，她立刻在空中調整姿勢，優雅地落在地上。

「……真奇怪。我覺得他以前好像沒有這麼大的力氣。」

尤莉亞困惑地歪著頭。她看了一眼自己的手，她的手因發麻而顫抖著。

她記得亞伯特當時也在維爾特王國和亞斯帝國的戰場上。

但是，他的實力應該遠遠不及抓住尤莉亞的『第一席』。

「是我看走眼了……？怎麼可能……」

在吃驚的尤莉亞面前，亞伯特一臉自信地翹起嘴角。

「我已經脫胎換骨了。憑我現在的實力，就算是魔王也能輕易擊潰。」

「亞、亞伯特大人，請救救我。」

依舊受困的卡吉斯尋求幫助。

不過，或許是因為失血過多，他的聲音非常虛弱。

他的呼吸微弱，幾乎快要接不上氣，臉上毫無血色，跟死人沒兩樣。

「是卡吉斯嗎？你在那種地方做什麼？」

「實、實在很慚愧，我被尤莉亞公主的魔法囚禁——」

「這樣啊。那麼——你就去死吧。」

亞伯特腰身一扭，猛然將大劍砸向『光牢』。

伴隨著岩石碎裂似的聲音，身體攔腰斷成兩截的卡吉斯出現了。內臟撒了滿地，還沒來得及吸乾鮮血的地面上形成了血泊。

「就因為你露出那種醜態，才會輸給這種小丫頭們。」

卡吉斯已經變成一具沉默的屍體，亞伯特一腳踩爛了他的頭。

當爆裂的腦漿向四周飛散時，不知從何處傳來了嬰兒的哭聲。

「什麼？」

就在亞伯特訝異地皺起眉頭時，從斷垣殘壁中衝出來的是一名『維爾特公會』的女舒勒，她的懷裡緊緊地抱著嬰兒小琪茲。

「為什麼戰場上會有那種小鬼──」

亞伯特面露沉思之色，但或許是想到了答案，臉上浮現出卑鄙的笑容。

「哦，那就是誘餌嗎？沒有放過她的理由。」

亞伯特一個箭步飛身上前，瞬間拉近了跟獵物的距離，但女舒勒立即伸出一隻手開始詠唱。

『一二三珠，四珠之理，五十法則，纏繞其身──「六棘枷鎖」。』

「別以為那種魔法能阻止我！」

亞伯特毫不猶豫地揮下大劍，從地上伸出的幾條藤蔓頓時被砍斷。他的劍尖襲向女舒勒，捲起塵土，震得地面隆隆作響。

「……動作真快啊。不過，看來妳沒能完全避開。」

在亞伯特視線前方的，是腿部流血的尤莉亞。

而她的背後就是那名抱著嬰兒的女舒勒。

「竟然想對嬰兒下手……你還是人嗎？」

尤莉亞怒瞪著亞伯特，目光中帶著強烈的譴責。

「少在那邊裝清高。在我看來，即便對象是嬰兒也算是一個優異戰功。在戰爭中，給予慈悲就會被背叛，給予恩惠就會被掠奪，給予拯救就會被屠殺。我勸妳最好捨棄那套令人作嘔的人道主義。」

亞伯特將大劍刺入地面，盯著尤莉亞，堂而皇之地表示著自己的主張。

「殺死哭泣哀號的孩子，侵犯哀求饒恕的女人，凌虐充滿憤怒的男人。所謂的戰爭是只有墮入邪道者才能大放異彩的舞台，如果不抱持野獸般的慾望就無法生存。正是因為抱持天真的想法，妳的國家才會滅亡。」

聽到亞伯特的發言，尤莉亞頓時勃然大怒，表情變得兇惡無比。

「卡蓮！艾莎！立刻到這裡來！」

「好、好的！」

「尤莉亞大人，艾莎在此任您差遣。」
「她們的事就拜託了。我必須獵殺那頭野獸。」
「可、可是，姊姊，妳的腳……」
「聯手對付他比較好吧？或者暫時先撤退後再……」
保護嬰兒的卡蓮和攙扶著女性成員的艾莎都擔心看著尤莉亞，但她並沒有採納意見。
「趕快帶她們躲遠一點。我不想把妳們都捲進來。」
「啊，糟糕。」
當卡蓮看到尤莉亞表情的瞬間，脫口說出了這句話。
尤莉亞白皙的皮膚開始泛起一股淡藍色。
在旁人看來可謂之面色鐵青，是一種讓人會擔心其身體狀況的臉色。
身為妹妹的卡蓮非常清楚，這是尤莉亞特有的危險徵兆。
她正在忍耐。忍耐著從內心湧現的衝動。
卡蓮意識到，充滿殺意的狂暴野獸即將被放出籠。
「各位，不可以靠近姊姊！絕對不要上前，會被捲進去的！」
卡蓮等人慌忙離開原地，反覆深呼吸的尤莉亞把長劍舉到胸前，用左手撫摸著劍刃。
「櫻花散落，鬼哭之闇，蓋世之光，曉暗交織——」

長劍上開始飄出銀色微粒，猶如鱗粉飄浮在四周。
沉重的魔力從尤莉亞身上散發出來，擠壓著空氣發出爆裂聲。
一個、三個、六個——數量龐大的白色魔法陣在尤莉亞身後綻放。
「清風葬命——『光風霽月』。」
迎來一片寂靜，長劍如同溶解在空氣中一樣，從尤莉亞的手中消失。
魔法陣也隨之破碎，猶如落花紛然飄落地面。
溫柔的風像是要治癒人們一樣撫摸著皮膚。
這是一股讓任何人都會感到放鬆並露出安穩表情的柔和微風。
剎那間——亞伯特的手臂帶著一道鮮血的軌跡飛向空中。
「什麼……？」
亞伯特神情驚愕地看著自己噴血的肩膀。
不過，他的視野立刻就變暗了。因為他的右腳被砍斷，摔倒在地。
「啊!?」
亞伯特的臉龐因劇痛而扭曲。
光刃如雨，從四面八方毫不留情地落下。
一團強大的魔力騰空升起，形成光之漩渦。

光刃以一種要讓敵人屍骨無存的氣勢，一道道砍在亞伯特的身上。

然而——

「『雷擊』。」

貫穿光之漩渦的雷電劃出一道線，以駭人的速度朝尤莉亞直奔而來。

「什麼!?」

雷電正中尤莉亞的胸口，將她擊飛了出去。尤莉亞就像受到海浪沖擊一樣在地面不斷翻滾，直到撞上瓦礫堆後才失去勁頭停了下來。

「怎麼會……為什麼……」

尤莉亞對於遭到反擊一事感到困惑，但她還是試圖站起來。

但是她的膝蓋使不上力，不由得單膝跪地。她的魔力已經見底，加上大量使用魔法，導致其體力也即將耗盡。而壓垮駱駝的最後一根稻草，就是『光風霽月』吧。

那是尤莉亞所能使用的魔法中最消耗魔力的一種。

而且，因為腳部受傷，尤莉亞已經疲累到連自己站起來都很困難。

「姊姊！」

卡蓮把嬰兒小琪茲交給其父親班茲，衝到尤莉亞身邊。

「姊姊，妳還好嗎？」

「嗯，不過……那個男人有點奇怪。」

尤莉亞被妹妹攙扶著站起來，在朦朧的視線中，她看到光之漩渦消失，亞伯特若無其事地爬了起來。

「啊……這攻擊挺有效的。一般情況的話早就死了。」

「騙人的吧？受到那樣的攻擊，他竟然毫髮無傷嗎？」

卡蓮發出了驚愕的聲音。

「不，卡蓮，他好像並非毫髮無傷。」

尤莉亞發現亞伯特的樣子不太對勁。

他的瞳孔徹底放大，眼睛不自然地游移著。

嘴角還垂著口水，看起來一點也不正常。

「仔細看的話，那是……肉塊。」

亞伯特被斬斷的手臂已經再生，被砍得傷痕累累的身體也癒合了。

然而，拼接起來的手臂異常醜陋，堵塞傷口的肉也怪異地隆起，有如腫瘤。像膿一樣的黃色液體從頭部溢出，一股異味甚至飄到尤莉亞她們所在的遠處，刺激著她們的鼻腔。

跟其詭異的醜惡相結合，那個異樣身姿用怪物一詞來形容再適合不過了。

「我不是說了嗎？我已經脫胎換骨了。」

亞伯特把目光轉向尤莉亞她們。他的眼睛不斷地流出奇怪的液體，臉部扭曲到讓人分不清他是在哭還是在笑。

「這力量太美妙了。有了這種力量，我就不會輸給任何人——就連魔王跟聖天都不是我的對手。」

亞伯特雙手往地上一捶。就像在證明其臂力一樣，地面塌陷，塵土飛揚，一股刺痛皮膚的殺氣從他身上釋放出來。

「我不知道你做了什麼，但這絕對不正常。」

艾莎介入了他們三人中間。

「這裡就由我來爭取時間，請快點逃——!?」

「喂，妳以為能逃得掉嗎？」

僅僅一步，距離在眨眼間就被拉近了。

「礙事。」

「啊，咕嗚!?」

亞伯特的拳頭埋入了艾莎的腹部。

衝擊力貫穿艾莎的五臟六腑，鮮血從她的嘴裡溢了出來。

那一拳威力驚人，就算遭到擊飛也不奇怪，但艾莎抓住亞伯特的手臂，不肯拉開距離。

「……卡蓮大人！帶著尤莉亞大人逃遠一點！快點！」

艾莎用手背擦了擦血，把箭矢搭在了自己擅長使用的弓上。

然後瞬間就射出無數支箭矢，刺入亞伯特的腦袋。

然而，這似乎並沒有奏效，亞伯特露出了令人毛骨悚然的笑容。

「真是個勇敢的侍女啊……看在妳這副美貌的份上……」

那張裂開到耳邊的巨大嘴巴裡溢出大量口水，伸出的舌頭逼近了艾莎。

「——我就將妳先姦後殺吧。」

「閉嘴，你這怪物。只有一個人可以蹂躪我。」

艾莎表示明確的拒絕後，用箭射穿了亞伯特的舌頭。

他似乎有痛覺，大幅度地向後仰。

「嘎啊，可惡，別反抗。妳這臭女人！」

亞伯特抓緊艾莎的胸口，憤怒地將她狠摔在地上。

「咕唔!?」

『艾、艾莎小姐！喂，你這混帳，給我適可而止！』

『該死的怪物，我要宰了你！』

看到這一幕的舒勒們展開救援行動，然而——

「真是群煩人的蒼蠅──『落雷』。」

雷擊以驚人的氣勢從天而降，籠罩附近一帶。

舒勒們一瞬間就被奪走了意識，倒臥在冒著白煙的大地上。

『亞、亞伯特大人……為什麼連我們都……』

廢棄詠唱所行使的魔法，不分敵我地進行了無差別攻擊。

亞斯帝國的魔導師們遭到波及，用著譴責的目光看向亞伯特。

「因為你們一個個都弱爆了，卻不把我當一回事。」

亞伯特吐了一口口水。

那個唾液呈現黃色，黏在了亞斯帝國魔導師的臉上。

『啊啊啊啊！』

亞斯帝國魔導師的臉在轉眼間就融化了。

亞伯特瞥了一眼，冷哼一聲，掄起巨拳就猛然朝尤莉亞她們揮去。

「接下來就是妳們。」

「姊姊快逃！」

卡蓮猛然推開尤莉亞，交叉雙臂進行防禦，卻因無法承受亞伯特的力量而被擊飛。然而她在拉開距離前，就被亞伯特抓住左臂而無法逃脫，被他一把抓起來狠狠摔在地上。

「唔咕!?」

卡蓮從肺裡吐出所有空氣，臉色一下子變得蒼白。

但是她眼中的鬥志並沒有減弱，急忙想要站起來。

然而，她的努力白費了。因為亞伯特一腳踩在了她的背上。

「啊!?」

「我要徹底地蹂躪妳們。摧殘肉體，踐踏心靈。這才是讓狂妄女人屈服的最有效手段。我會一直折磨妳們，直到妳們自己求死為止。」

「……那我就殺了你吧。」

尤莉亞逼自己顫抖的膝蓋出力，將劍刺在地上代替拐杖站了起來。

「憑妳那副模樣又能做什麼？」

「這點不利條件剛好而已。」

說實話，尤莉亞戰勝亞伯特的可能性幾乎為零。

但她無法忍受默默看著有人被殺。

「這裡跟當時的場景很像呢。」

環顧四周，殘留著戰鬥痕跡的廢墟躍入了她的眼簾。

這喚起了她失去故國的記憶。

房屋遭到燒毀，人民四處逃亡，那一天的王都充滿了死亡。

她哀嘆自己無力挽救，詛咒自己的無能為力。

即使這具身軀會被撕裂，她也不想再有那種感受。

她不能再失去任何人了。

「……放馬過來吧。亞伯特，你這最弱的帝國廢劍。」

尤莉亞為了避免其他人犧牲，挑釁亞伯特來引起他注意。

這發揮了戲劇性的效果。因為亞伯特的殺氣高漲，目光緊盯著尤莉亞。

「哈，小丫頭，一點都不好笑。」

亞伯特手臂猛然一揮，尤莉亞纖細的身體就飛舞在空中。

在重力的影響下，她又猛然摔向地面。

那股衝擊讓她的身體彎成「く」字型，口中吐出大量鮮血。

但是，尤莉亞用拳頭用力捶地，咬緊牙根忍耐劇痛，再次站了起來。

「……『光速』。」

她的魔力已經幾乎見底。

即便如此，她仍像是要榨乾最後一絲力量一樣，虛弱地唸出了魔法名。

毫無疑問，魔法發動了。

因為卡蓮和艾莎從亞伯特的視野中消失了。

儘管如此，失去意識的兩人也只是移動到稍遠的地方而已。

「廢棄詠唱嗎……在那種狀態下還能使用，實在是厲害。」

亞伯特渾濁的眼睛向下看。

「這是反擊的意思嗎？」

滿身瘡痍的尤莉亞緊握著長劍的劍柄，刺進了亞伯特的側腹。

她的眼中充滿鬥志，在那深處搖曳的火焰因熾烈的感情而熊熊燃燒。

「我有一個必須實現的約定。」

心中懷抱著唯一的誓言，現在的她洋溢著一股難以置信的霸氣。

「什麼!?」

亞伯特的生物本能敲響了警鐘，當他下意識地用左臂揮開尤莉亞時，她輕易地就被彈飛了。

「竟敢嚇唬我……所以呢？妳這樣就結束了嗎？」

亞伯特拔出刺入側腹的劍刃，扔向倒在地上的尤莉亞。

「喂，我把武器還給妳了。站起來，我要讓妳體會我有多強。」

「請放心吧，現在才要開始……我會讓你瞭解你有多弱。」

匍匐在地上撿起劍的尤莉亞再次站了起來。
即使渾身沾滿泥巴和鮮血，也分毫無損她的美麗。
倒不如說，其存在感顯得更加強烈。
她高風亮節，洋溢著高貴的氣質，有著女王般強悍的霸氣。
「……真是個蠢女人。如果我扯斷妳一隻手臂，妳還嘴硬得起來嗎？」
亞伯特如此說完後，輕而易舉地抓住了尤莉亞的脖子。
他一邊喜孜孜地看著她痛苦扭曲的表情，一邊慢慢地把她舉向空中。
「我不會殺妳。因為我必須把妳帶回去。」
語畢，亞伯特的目光投向了尤莉亞帶到遠方的兩名女性。
他就這樣抓著尤莉亞的脖子，朝卡蓮她們邁出了腳步。
「我現在要去侵犯昏倒在那邊的那兩個女人。妳就好好地看著那個畫面，感受自己的無力吧。在那之後我會砍下她們的頭，擺在妳面前。」
亞伯特對尤莉亞如此表示時，眼中充滿了瘋狂之色。
「對妳這樣的女人來說，這麼做會讓妳更痛苦吧？」
「去死吧——『光擊』。」
尤莉亞口吐簡短卻辛辣的話語，光聚集在她的右腳上，發出耀眼的光輝。

接著，她以驚人的速度一腳踢飛了亞伯特的右側頭部。

亞伯特的黃色血液隨著肉塊一起飛濺到地上。

「真弱，太弱了。那種程度的攻擊已經無法讓我感覺到疼痛了。」

他頭部右側被挖開一個洞，但傷口處的肉瞬間連接起來並再生了。

那團奇異地隆起的肉塊就像脈搏起伏一樣跳動著。

「真噁心。」

「呼哈哈哈哈，噁心啊。妳說我噁心嗎？哈哈哈！」

亞伯特彷彿很愉快般地放聲大笑。

但那也僅是一瞬間，他的臉色隨即沉了下來，用失去光芒的眼睛看著她。

「夠了——閉嘴。」

「……嗚……!?」

尤莉亞的脖子被猛力掐住，嘴唇轉眼間就變成了紫色。

她一邊踢動雙腳掙扎，一邊拚命地拍打亞伯特的手臂進行反抗。

不管看起來有多麼悲慘或可憐，尤莉亞仍然沒有放棄贏得勝利。

為了實現跟少年的約定，她不能違背與阿爾斯的誓言。

因此，那雙紫銀色的光彩沒有消失，始終都保持著抵抗死亡的意志。

尤莉亞拚命地反覆捶打他，但亞伯特紋絲不動。

「呼哈哈，結束了嗎？已經結束了嗎？喂，再不抵抗妳就死定了。」

「咕……」

尤莉亞全身逐漸失去了力氣。

「……啊，咕哇……!?」

她的手臂無力地垂落，連重力都無法抵抗，眼中的光芒正在逐漸消失。

就在她生命的韁繩即將被切斷時——

「喂……你這傢伙在幹什麼？」

——亞伯特的手臂被擊飛了。

*

尤莉亞一陣猛咳，當她抬起頭時，看到了一個熟悉的背影。

從分開行動後還沒經過多久。然而一種懷念的心情卻湧上心頭。

那個背並不寬廣。那個背也不強壯。
但是，那個背卻帶著一股強烈的霸氣。
不安逐漸消失，之前感受到的恐懼也煙消雲散。
想到自己可以不用失去任何人，原本緊繃的思緒也消融而去。
她感覺胸口被緊緊揪住，熱淚盈眶，淚水甚至模糊了視線。
就算他拋棄『維爾特公會』，也沒有任何人會責怪或埋怨他吧。
但是，少年卻來救她了。
為了實現尤莉亞在那個繁星之夜擅自締結的約定。
「尤莉亞，我來晚了。對不起。」
聽到他道歉的話語，尤莉亞感受到蘊藏在其中的萬千思緒，垂下頭來。
她想否認說絕對沒有那種事，但卻說不出話來。
因為太過內疚，她的話都梗在了喉嚨裡。
自己才是該道歉的一方，是尤莉亞把無關的少年捲入紛爭中。
她因眼淚而看不見前方，只能忍住嗚咽，朝他的背低頭道歉。
「對、對不起……」
結果她既沒能前去幫助少年，還變成這副狼狽的模樣。

自從遇見他以後，她就處處依賴著他。

她還沒能對他的恩情做出任何回報。不對，是已經恩重如山到無法報答。

然而，少年就像是在說沒關係一樣，笨拙卻溫柔地撫摸了她的頭。

「剩下的就交給我吧。」

黑衣少年——阿爾斯強而有力地邁步向前，跟亞伯特對峙。

「喂，雖然變得相當醜陋……但你是亞伯特吧？」

不知是不是出於興奮，眼前的怪物一語不發。

他發出粗重的吐息，在這段期間內也再生著被擊飛的手臂。

即使看到奇怪的現象，阿爾斯的表情也毫無變化。

沒錯，無論何時，他總是從容地體現出泰然自若的態度。

「第一次我饒了你一命。」

阿爾斯把手繞到背後，拔出兩把短劍。

「第二次我可不會就麼簡單地放過你。」

他雙手握緊短劍，雙臂卻慵懶地垂向大地。

「想要第三次的話，你就拚命地逃跑吧。」

歸根結柢，他的姿態就是唯我獨尊。

甚至不能確定他是否有要戰鬥的意思。

儘管如此，在他全身循環的魔力卻無比龐大，其姿態就宛如不敗的霸主。

「我會跨越諸神的領域，一直追殺你到三千世界的盡頭。」

「我要殺了你！」

回答他的是憤怒的咆哮。

巨大的手臂迎面而來，但阿爾斯將魔力凝聚在左手，以單臂擋住了攻擊。

「即便使用覺醒藥也只有這種程度嗎？力量比公獅尾獅力量還弱呢。」

「……你怎麼會知道？」

他的話似乎讓亞伯特的內心備感衝擊，甚至不自覺恢復成本性。

聽到這出乎意料的發言，他的臉上浮現出不像是怪物的人類表情。

阿爾斯竟然知道亞斯帝國的國家機密，這比自己使出渾身解數的一擊被其單臂擋住一事更讓他感到吃驚。

這也難怪，因為覺醒藥乃絕對機密的研究，就連身為帝國五劍的亞伯特都只聽過傳聞，是否實際存在都讓人懷疑。

亞伯特也是從維爾格那邊收到信件和藥丸後，才確信真有此事。

「因為我『聽力很好』。是不是國家機密根本沒差。」

阿爾斯聳聳肩，豎起食指。

「告訴你一件事吧。」

阿爾斯憐憫地看著亞伯特。

「很遺憾得掃你的興，不過那是失敗的作品。」

「我會殺了你。」

「最好別誇口自己做不到的事情。」

他的表情宛如從深淵窺視的惡魔，嘲笑著亞伯特。

「你只會為自己的弱小而絕望。」

「閉嘴，我會讓你切身體會我的強悍！」

亞伯特僅一步就打破距離，見他迎面而來，阿爾斯將指尖比向了他。

「『衝擊』。」

逼近的亞伯特那張臉被整個炸飛，肉片跟鮮血向四周飛散。

看到亞伯特停下了動作，阿爾斯將魔力纏繞在右拳上，猛力毆打他正在再生的臉。

即使拳頭皮開肉綻，鮮血噴湧而出，阿爾斯仍面無表情地不停毆打著亞伯特。

「啊，嘎!?什麼，你這傢伙!?」

面對阿爾斯毫不留情的猛攻，亞伯特無法承受，龐大的身軀倒在地上。

阿爾斯瞥了一眼自己沾滿了血的拳頭後，腳下用力一蹬，縱身躍起。

他的腳對準了亞伯特的脖子，用力地將腳後跟踩了進去。

「喂，廢柴，你再說一次讓我聽聽。」

「為、為什麼，像你這樣的小鬼會有這樣的力量！」

腳後跟深深陷入脖子裡，亞伯特的喉嚨不斷響起骨頭斷裂聲。

一隻巨大的手抓住阿爾斯的腳踝，但他絲毫不為所動。

阿爾斯的雙眸裡帶著一抹殘忍的氣息，表情逐漸變得冷酷淡漠。

「說不出來嗎？那我來說。」

阿爾斯環顧了一圈，注視著遍地蔓延的慘狀。

尤莉亞明明處於昏倒也不奇怪的狀態，但她還是一邊保護著艾莎和卡蓮，一邊擔心地看著這邊。其四周還有舒勒們痛苦呻吟的身影，在不遠處也能看到為了保護嬰兒而受傷的班茲。

沒有人毫髮無傷，這講述了一場襲擊眾人的暴力風暴。

最後，阿爾斯俯視著腳下不斷掙扎的獵物（亞伯特）。

「我會殺了你。」

阿爾斯把手按在自己的喉嚨上，全身散發出前所未有的怒氣，轉動脖子發出「喀啦」聲。

「我會殺了你，直到你還清她們所承受的痛苦為止。將你千刀萬剮，讓你鮮血流盡。不留一絲餘地，徹底地殺了你。」

他僅是釋放出殺氣，大地就膨脹到裂開，大氣顫動，空間也逐漸扭曲。

「我會殺了你，直到你的靈魂化為塵土。」

然後——少年放棄了所有的制約。

＊

一名擁有絕世美貌的男子，瞇著眼睛看著龐大的魔力在地上捲起漩渦。

「沒錯，毫無疑問。他正是我們一直在尋找的『魔法之神髓』。」

雖然距離很遠，但他感受到從戰場傳來的魔力，全身寒毛直豎。

那是一股駭人的魔力洪流，彷彿即將要吞噬天地。

維爾格心驚膽戰。因為這是他第一次感受到這樣的壓力。

「哈哈，這下就確定了。阿爾斯大人肯定跟神有所接觸。」

維爾格那端正的容貌染上狂喜之色，手上緊緊握著一顆魔法石。

比起和人類打交道的時候，他以一種更輕鬆自在的態度對著魔法石說話。

「您說的對。他太扭曲了……發生了本來不可能出現的現象。正因為如此，【聽覺】這個天賦才很有意思。到底其『真名』為何，實在讓人很感興趣。」

從剛才開始，維爾格並不是在自言自語。

他談話的對象位在別處。

那顆魔法石上被賦予的是『傳達』魔法。

維爾格正在和跟聖法教會的人進行聯絡。

「對，若非如此就無法解釋了。那股力量屬於諸神的領域。」

維爾格聽到回答後不禁笑了。

「請交給我吧。『第一使徒』。一切都是為了聖法教會。」

維爾格傳達完消息後，收起了魔法石。

「話說回來……那應該是『天精眼』吧，真是太美妙了。」

維爾格從戰場的阿爾斯身上移開視線，把目光投向其上空。

天空中懸浮著一個巨大的魔法陣。

它呈現著前所未見的繽紛色彩，像神一樣俯視著下界。

「雖然不想太過冒險……但我看到了想看的東西。」

正如他對奧夫斯所言，他並不想做出得罪阿爾斯的舉動。

然而，他內心有一股無法抑制的好奇心。

有必要調查一下阿爾斯到達了什麼境界。

因此才把覺醒藥交給亞伯特。託他的福，維爾格得到了答案。

不過，此時正是收手的好時候，維爾格的直覺告訴他再繼續下去會很危險。

「『魔法之神髓』——通曉魔法之人嗎……這個稱呼確實很妙，不過您有比這更合適的名字。」

維爾格的聲音被風掩蓋過去。

但是蘊藏於其中的熱忱，無論過多久都不會冷卻。

「我一定會來迎接您。」

維爾格優雅地一鞠躬後，朝著發出耀眼光芒的彩色魔法陣伸出雙手。

「啊啊——我們的『聖帝』。」

＊

「……你做了什麼？為什麼……會釋放出那麼大的魔力？」

亞伯特抬頭看著阿爾斯，神情呆滯地喃喃道。

俯視著他的是一雙沒有感情的眼睛。

「冒牌貨。我就送你一份黃泉路上的伴手禮吧。」

阿爾斯放鬆了腳部的力量。

亞伯特從喉嚨的壓迫感中解放出來，在地上爬行並拉開距離。

「冒牌貨？你居然說成為超越者的我是冒牌貨!?」

亞伯特那張不復原形的臉孔染上了怒意。

「那我就讓你看看，什麼叫真正的力量！」

伴隨著氣勢洶洶的咆哮聲，亞伯特詭異的身體大大地膨脹了一圈。

「——『天領擴大』！」

那是解放天賦之力的『魔法名』。

只有天選之人才得以行使。

——天界的道理。

龐大的魔力從亞伯特的肉體往下流，以他為中心的地面往四周裂開。

他一個呼氣就讓空間扭曲，空氣遭到壓縮。

不久，一道巨大的雷電從天而降，使大地陷落，沙塵飛揚。

等飛沙散去時，一把纏繞著駭人雷電的扭曲大劍出現在亞伯特面前。

「『兀骨雷將』。」

亞伯特自豪地拔出了插在地上的『兀骨雷將』。

不過，就算阿爾斯看到他那模樣，也是從容淡定，毫無一絲動搖。

從一開始就沒有任何改變。他只是悠然自得地存在於那裡，有如風平浪靜的海面。

阿爾斯只看了亞伯特一眼，就像失去了興趣似地仰望著天空。

「因為我們約好了。」

過去的往事、得到自由的瞬間、第一個朋友。

許多回憶、許多記憶在他的腦海裡浮現，然後消失。

而最後留下的，是那個在繁星閃爍之夜所交換的約定。

他曾約定過如果發生什麼事，自己會出手相助，護她平安。

既然如此——

「我不會保留實力。」

摒除一切雜念，全神貫注。從壓抑著自己的殼中破繭而出。

思緒變得清晰，身體變得輕盈，五感變得敏銳。

意識融化，和無色的世界混合在一起。

即便如此，自身存在也不會消失。既便如此，自身精神也沒有消失。

他的靈魂化為極大光明，君臨天際。

「我讓你瞧瞧正牌是什麼樣子。」

阿爾斯的左眼——朱紅色的眼睛發出強烈的、耀眼的、驚人的光芒。

少年施放了獨一無二的魔法陣（羽翼），讓其展翅翱翔。

「——The End of My Soul.」

（我的靈魂得到釋放。）

「So I left my sins at the end of hell.」

（我的罪惡留在地獄盡頭。）

「So I left my punishment at the end of heaven.」

（我的懲罰留在天堂盡頭。）

「So I'm invisible. I'm nothing. I'm emptiness.」

（我在殘存的虛無中無盡彷徨。）

「So the blood will flow and I will rule the deadly sins.」

（即便如此，大罪仍會隨著些許鮮血持續流淌。）

「So I am a bloodthirsty soul devouring the world.」

（因此，嗜血靈魂吞噬了世界。）

「Imperial demesne expansion——」

（天領擴大——）

「——Awaken Woden——」

（——『天主帝釋』——）

滲入結膜的顏色混合在一起，角膜閃耀著繽紛的色彩。

左耳的耳環——逆十字在氣焰萬丈的霸氣襯托下熠熠生輝。

以阿爾斯為中心，七彩虹柱貫穿天空。

茜紅色的天空裂開，雲層散去，膨脹的魔力覆蓋著天空。

世界正在被重塑。大自然演奏著樂曲，天空歌唱，勁風呼嘯，大地吟詠。

古老世界受到摧毀，全新世界誕生於此。

開天闢地——那是由阿爾斯所打造，為了阿爾斯而存在，專屬於阿爾斯的世界。

「……嗄？」

也難怪亞伯特會發出呆滯的聲音。

因為『崩潰的理想鄉』消失了，出現在他面前的是一片草原。

看不見任何掩埋在瓦礫中的廢墟，只有一望無際的草原綿延不絕。

這裡是一個美麗的世界，天空呈現彩虹色，到處都吹著柔和微風。

「這是什麼地方？這就是『天領擴大』嗎……？」

「是啊，沒錯。冒牌貨。看到真正的『天領擴大』感覺如何？」

嘴角帶著獰猛的笑意，阿爾斯從虹柱之下緩步而來。

往前一步，花草紛飛四散。

邁開兩步，地面坍塌陷落。

踏進三步，大地頓生龜裂。

那股魔力龐大到足以灼燒肌膚，霸氣使空氣顫動，其存在甚至扭曲了空間。

「哈，你在說什麼……如果這是『天領擴大』的話……那我的這個是什麼……？」

亞伯特低頭看著『兀骨雷將』，臉上浮現愕然之色。

看到這個幻想的世界後，就覺得『兀骨雷將』非常地渺小。

「只將天賦強制具現化的半成品。那樣是無法發揮出真正力量的。」

「你是想說我是個失敗者嗎！」

「對，沒錯。不過，我也不是瞭解得那麼詳細。因為說到底，我只是靠著【聽覺】獲得的二手知識而達到『天領擴大』的。」

他說得輕描淡寫。聽到那過於隨便的話語，亞伯特露出震驚的表情。

「二手知識——只是靠聽的……你是說你只靠著這些就成為超越者的嗎!?」

「說是超越者太誇張了吧。這也不是那麼值得吃驚的……欸，難道『天領擴大』意外地很難學會嗎？」

「別、別開玩笑了！如果這個世界真的是『天領擴大』的話！如果這是我靠覺醒藥也無法到達之境界的話！為什麼你對此沒有自覺！為什麼你會得到這樣的力量！」

「我只是聽而已。同樣的話你要讓我說幾次？我跟你實在話不投機。」

阿爾斯頗感無奈地嘆息。

「好了，已經沒有必要再說明了吧。」

阿爾斯聳了聳肩，平靜地凝視著亞伯特。

「我要在這裡殺了你。」

「……阿爾斯？」

他的語調沒有任何抑揚頓挫，聲音冰冷到讓尤莉亞背脊發涼。

阿爾斯還是第一次展現出如此兇暴的情緒。

他平常總是用從容而達觀的表情看待事物。

看到發生如此巨變的阿爾斯，尤莉亞瞪大了眼睛。

「……半臉面具？那是【聽覺】天賦的『具現化』嗎？」

阿爾斯的臉部從左耳到左眼處都被半臉面具覆蓋著。

漆黑的半邊面具上鑲綴著七顆美麗的寶石，沐浴在陽光下反射著陽光。

原本可以看到眼睛的深淵中流漏出色彩斑斕的虹彩。

「還有……這就是阿爾斯的『天領擴大』創造出來的幻想世界嗎？」

天賦——被認為與授予自己天賦的神祇之間有所聯繫。

根據某位研究者的理論，窮極天賦登峰造極的話，就會被邀請到神所居住的神域。

並且，透過被神賜予『真名』，就有可能在地上顯現其力量。

所以才叫做『天領擴大』——對於賜予天賦的神，將其領域擴大到地上的終極魔法。

「你……已經到那種境界了嗎……」

從初次相遇時就一直抱持著的不協調感消失了。

廢棄詠唱，多重魔法，深不見底的魔力。

只有得到神之力的人才能做到，連致命傷都能治好的魔法。

「啊……果然……」

尤莉亞終於能夠理解了。

她知道了阿爾斯強大的祕密。

他是超越者，最接近『魔帝』之人，被稱為世界最強的魔導師。

「──原來你就是『魔法之神髓』呢。」

一個被允許跟極少數人並肩站在頂端的存在。

或者──

「……連神都能超越？」

尤莉亞注意到這一事實，渾身顫抖。

「像你這種小鬼會在魔法史上留名？」

亞伯特一邊吼叫一邊衝向阿爾斯。

「我不承認，只有這件事絕不能容忍！」

他全速奔馳，身後捲起滾滾塵土，那副模樣猶如一頭兇猛的公牛。

「『音速衝擊』。」

阿爾斯以迅雷不及掩耳之勢抬起腳，以猛烈的威力踢穿了亞伯特。

縱使右半身消失，亞伯特仍來勢洶洶，他的肉就像潰爛一樣伸長並再生。

阿爾斯向右移動半步，亞伯特一直線衝過了他的身旁。

「為什麼！像你這種小鬼，為什麼能得到那樣的力量！」

亞伯特回過身來，揮動『兀骨雷將』就是一個橫掃。

隨之產生的幾道閃電劈開地面，擊碎岩石，讓空間產生裂縫。

驚人的破壞力從四面八方毫無間隙地襲向阿爾斯。

「沒用的。這個幻想世界是我的領域。你的『聲音』我全都捕捉到了。」

阿爾斯微收下巴，挪動肩膀，後退半步，扭轉腰部，以分毫之差閃過了所有的攻擊。

「『音波振動』。」

一唸出魔法名，短劍的刀刃便瞬間開始高速振動，同時產生熱能和聲音。

兩柄短劍纏繞著火焰，熱浪在周圍翻滾，熱氣流升騰搖曳。

阿爾斯手持短劍縱身一躍，在逼近亞伯特的瞬間與其短兵相接。

「笨蛋！小子，去死吧！」

亞伯特認為這是一個好機會，刺出『兀骨雷將』進行反擊。

然而，他的大劍輕易地就被彈開。

「什、什麼——!?」

「那種程度的力量，不會顛覆這個幻想世界的法則。」

縱橫馳騁的閃光，帶著火焰尾巴燃燒著亞伯特的全身。

然而，先達到極限的卻是阿爾斯的短劍。

因為無法承受注入其中的龐大魔力，兩把短劍都從根部折斷了。

「……不可能。這到底是怎麼回事，為何你這種小鬼會有這樣的力量……」

亞伯特的外表已經不成人形了，他的身體被火焰持續燃燒著。

不過，他的鬥志絲毫沒有減弱的樣子，人影從火焰漩渦中緩緩地出現。

「小鬼，你究竟是什麼人……？」

亞伯特的身體已經完全再生，但模樣看起來就宛如小孩子捏的泥娃娃，讓人毛骨悚然。

「你在依賴藥物之前還比較強呢。」

「閉嘴！我可是帝國五劍的『第五席』！」

亞伯特舉起『兀骨雷將』往下砍，但阿爾斯連要避開的樣子都沒有。

原因是『兀骨雷將』在中途就失去氣勢，四分五裂化為碎片。

「什麼……這是怎麼回事!?」

「我剛才不是說過了嗎？那是失敗的作品。」

『覺醒藥』一開始會讓人感覺自己無所不能，但身體很快就會迎來極限。

而且，天賦會產生排斥反應，連魔法無法使用。

所以在與阿爾斯的戰鬥中，亞伯特一次也沒有行使魔法。

或者，也許連亞伯特本人都沒有注意到這件事。

「這是自作自受。是你企圖用輕鬆方式得到力量的結果。」

「啊啊啊啊啊！」

不知是怒吼還是哀號，他那無法分辨的叫喊聲中充滿了哀愁。

最後他的心靈崩毀，連人格也被破壞，變成一個單純的怪物。

這就是依靠覺醒藥者的下場，剩下的就是卓越的再生能力和破壞衝動。

雖然僅此就足以構成威脅，但就這個世界而言——也不過如此。

「差不多該做個結束了。」

【聽覺】得到『真名』的時間點，是在一個對世界充滿怨恨的雨天。

阿爾斯想要逃離腐朽的世界，貪婪地只追尋著知識。

他探索全世界的魔導師，偷聽其祕法，聆聽各式各樣的知識。

而最後抵達的目的地是天界，他的【聽覺】甚至篡奪了諸神的智慧。
在那漫長旅途的盡頭，『聽覺』獲得『真名』，到達了『天主帝釋』的境界。
這項天賦已經進化到甚至蘊藏著足以屠神之力。
「最後就露一手讓你瞧瞧。好好刻在你的腦海吧。」
『天主帝釋』的『天領擴大』所創造的幻想世界，會破解各種魔法，揭露所有知識。
對象是全世界的魔導師——就連天界之神也不例外，甚至無視作為世界原理的法則，他能夠使用【聽力】至今為止所聽到的魔法。
「心臟被捏碎如斯，輪迴之棘周而復始，颶風王權消融而逝——」
阿爾斯開始詠唱。
全身釋放的魔力沖天而起。在其末端出現一個色彩斑斕的的幾何紋路。
「狂暴之王縱情高笑，爭相較勁，哭求饒恕，蒼穹之神靜待覺醒。」
隨著心之所向，目標是感情所凝視的前方。
「燃盡天上天下——」
——『天帝』。

蒼穹鳴泣，旭日墜落。

星辰震動，熱浪從四面八方吹拂而來。

這股足以摧毀幻想世界的烈焰只集中在一個人身上。

所有一切都受熱浪橫掃，大地被刨開，寸草不留，幻想世界持續毀滅。

最後，轟然一聲巨響，地面被挖掘，砂石塵土如暴雨傾盆而下。

不久當塵埃散去後，地表遭到貫穿的地面出現了。

「……啊……啊……啊啊……」

在巨大凹陷的地面底部，躺著亞伯特只剩下右半邊臉的碎片。

他沒有再生的跡象，即使放著不管，早晚也會斷氣變成普通的肉塊吧。

「安息吧。」

阿爾斯朝著模樣悲慘的亞伯特伸出了指尖。

——『死亡之音』。

「我很開心，謝謝你！」

尤莉亞走在阿爾斯的身旁，面露燦爛笑容，摸著戴在頭上的百合花髮飾。

雙方在前幾天曾打賭誰能先打倒獨眼巨人，而那場比賽是阿爾斯輸了。

所以當他今天陪尤莉亞逛街時，買了一個百合花髮飾送給她。

「我很高興妳感到開心。」

阿爾斯露出微笑，抬頭望著天空，真切感受到平靜的日子又回來了。

在那場風波過後，『施德公會』受到魔法協會的懲處而解散。

亞斯帝國和聖法教會並沒有前來騷擾，恢復日常生活的阿爾斯繼續留居在〈燈火姊妹〉。

「我會好好珍惜的。」

「如果妳能這麼做我會很欣慰。嗯，我是說真的……」

由於從卡蓮那邊得到遠征的酬勞，他才得以買下髮飾，只是那個價格讓人臉色發白。

拜此所賜，他又回到缺錢的生活。

阿爾斯開始認真煩惱是該拜託卡蓮帶他去遠征，還是獨自挑戰『失落大地』。

相較於露出虛弱笑容的阿爾斯，尤莉亞高興得幾乎要翩然起舞。懷著相反心情的兩人回到了〈燈火姊妹〉，從後門走進店裡。

現在的〈燈火姊妹〉正在著手改裝被『施德公會』破壞的店內裝潢。

當他們走進大廳時，坐在椅子上的卡蓮手裡拿著目錄，嘴裡唸唸有詞。

「嗯～機會難得，我應該把牆壁換成亮眼一點的顏色嗎？」

如果阿爾斯沒記錯的話，卡蓮從早上就開始糾結牆壁該用何種顏色。

「都過了中午了，妳還沒決定啊。」

阿爾斯苦笑著搭話，卡蓮聞言抬起了臉。

「哎呀……？歡迎你們兩個回來。買到好東西了嗎？」

「我們回來了！卡蓮，妳看！」

尤莉亞喜孜孜地向卡蓮展示阿爾斯買給她的百合花髮飾。

「哇，很不錯耶。以阿爾斯而言倒是選得挺有眼光的。」

「因為我原本就知道她想要什麼。我們出了趟遠門，去了〈狗獾巢穴〉。」

「你還挺細心周到的嘛。不過這麼說起來，你們沒去商業區嗎？」

「不，我們有去。我第一次體驗站著吃東西！」

尤莉亞興奮地說道，卡蓮滿意地點頭。

「嗯～很好，感覺很開心的樣子。下次也帶我去吧。」

卡蓮用手肘頂了一下阿爾斯的肚子，向他催促道。

「那倒是無所謂，但我不會請卡蓮吃東西喔。」

「欸!?為什麼姊姊可以，我就不行啊！」

「不是，因為我們又沒打賭……妳也不用那麼生氣吧？」

「當然會生氣啊！我說你，不打賭就不請客也太莫名其妙了吧。」

「不是這樣的嗎？還是說男人請客很正常？」

「真拿你沒辦法。坐下來吧。我來教教這位不懂人情世故的阿爾斯小哥。」

卡蓮讓阿爾斯坐在椅子上，手臂放在他的肩膀上，用食指挑起他的下巴。

雖然搞不懂她想做什麼，但那個動作跟她的氣質絕望地不符。

「哦、哦？話說妳那個角色是怎麼回事？完全不適合妳。」

「少囉嗦，那種事我自己清楚。還有，你閉嘴乖乖聽著。明白了嗎？」

「……明、明白了。」

「跟女性去逛街的話，男性必須要請客。這是世界的常識。」

「……是、是這樣子嗎？」

「這不是當然的嗎？這是最重要的一點，你要記住。」

「呃，對不起。我不知道原來有那種常識。」

卡蓮坦然說謊，阿爾斯對於這虛假的常識感到困惑。

尤莉亞看著他們兩人的互動，忍不住苦笑起來。

「卡蓮，不要讓阿爾斯太為難哦。」

「啊，姊姊，妳要去哪裡？」

「我先回一趟房間把這個髮飾收好。要是弄丟就麻煩了。」

「哎呀，戴著不就好了。不過，姊姊那種純情的地方也很棒。」

「那麼……我也回房間吧。」

「阿爾斯，你不准走。我還有話沒說完，你得再陪我一下。」

尤莉亞背對著這樣愉快的對話，腳步輕盈地走上樓梯。

快步回到房間後，尤莉亞的心情仍然好到了極點。

她在鏡子前多次確認著自己的樣子後露出微笑。

「呵呵，真棒的髮飾。」

然而，這時房間的門被連敲了好幾下，彷彿在給她那份好心情潑冷水一樣。

不過，尤莉亞並不會為了這點小事就感到生氣。

「門沒鎖，請進。」

尾聲

「打擾了。」
「哎呀，艾莎，有什麼事嗎？」
輕輕點頭致意後走進來的，是從小就侍奉自己的侍女。
自某個時期以來，兩人就相識了很久。以某種意義而言，兩人就像是一心同體的存在。
艾莎單膝跪地，身體前屈，恭敬地低下頭，然後在自己耳邊打了個響指。
隨後她就變成了尖耳朵──那是精靈族特有的特徵。
沒有不協調的感覺。只是本來應該有的東西回歸原位而已。
與她的美貌互相結合，感覺就像補上欠缺的一塊拼圖。

「我有事情稟報。聖法教會『聖女』──尤莉亞・馮・維爾特大人。」

房內氣氛隨著鄭重宣告的『稱號』而發生變化。
剛才還甜美溫柔的空間在剎那間就變得緊張起來。
尤莉亞的表情中也失去了感情。
原本那個沉穩柔和的少女已不見蹤影，她搖身一變，化身為一位凜若冰霜的冷酷佳人。
「抬起頭來吧。『第三神巫』──艾莎・馮・阿肯菲爾德。」

「是。」

「所以是什麼報告？我不太想在這裡談太多祕密事項……」

隔牆有『耳』。那是結界也沒有意義的絕妙天賦。

「『女教皇』傳來回覆了。」

「事到如今嗎……教皇閣下說了什麼？」

「她已經阻止『聖騎士派』的行動。還有——」

艾莎頓了一下，然後看著尤莉亞再次開口：

「——繼續監視『魔法之神髓』。」

「請轉告她，我明白了。」

尤莉亞走近窗邊，凝視著直入天際的巴比倫塔。

「一切都是為了更好的世界，諸神回歸的日子也快要來臨了吧。」

尤莉亞輕柔地取下戴在頭上的髮飾。

「讓我們重現曾經存在於地上的樂園吧。」

她親吻了阿爾斯所送的髮飾，露出微笑。

「我們心愛的『漆黑之星』。我會與你同在。」

長達千年的停滯如積雪般開始消融。

時間再次開始流轉。
『白』與『黑』翩然相遇，故事就此拉開序幕。

後記

初次見面的讀者，好久不見的讀者，感謝您拿起了這部作品。

《一直被當成無能的魔導師其實是世界最強，卻因遭到幽禁而毫無自覺》。

——簡稱『無自覺』的本作，是否有為各位帶來樂趣呢？

本作在重視中二感的同時，更是全力著重於傳達角色的魅力。

我衷心期盼書中會出現讓各位讀者感到喜愛的角色。

在此，請允許我致上謝意。

ｍｍｕ老師，誠摯感謝您繪製這麼多精美動人的插繪，充分傳達出作品的魅力，成為我中二心的原動力。

責任編輯Ｙ先生、編輯部的各位、校稿人員、設計師，以及所有參與本作的相關人員，今後也請多多關照。

各位親愛的讀者，由衷感謝您們購買並閱讀本作。

今後我也會獻上更加熱血沸騰的中二作品，還請大家多多支持。

那麼，期待下次跟各位再次相會。

奉

東立輕小說

亂世千金倪亞・利斯頓1

轉生為嬌弱千金的弒神武人華麗無雙錄

作者：南野海風
插畫：磁石
譯者：龔持恩

以「亂世」之名再次寫下傳說

前英雄轉生成病弱大小姐，在新的人生也要追求最強!!

擁有最強前世的轉生千金，第二人生也要大鬧天下!!
「既然人難免一死，我寧可死在戰鬥中。」
過去曾有個達成弒神偉業的大英雄。強大過頭的她，在臨死之際，仍夢想著能遇見殺得了自己的強大對手──
想不到在死亡的另一端等待著她的，竟是轉生成為嬌弱貴族千金的嶄新人生!?
她在未來的世界成為有著美麗容貌，身體卻過於孱弱的千金小姐倪亞・利斯頓，獲得第二人生後，仍追求與強者的邂逅，愉悅地投身於接連不斷的戰場之中！
「──啊哈哈！還愣什麼呢！再不快點擺好架式，可就只能任我蹂躪了唷！」
由美如天使的亂世千金主演的最強無雙傳說，在此揭開序幕!!

強力上市中！

東立輕小說

我的網婆是超人氣偶像 3
～冰山美人的她在現實世界也想當我老婆～

作者：あボーン
插畫：館田ダン
譯者：劉仁倩

家裡突然多了一個繼妹!?
繼妹不認同我和網婆的關係怎麼辦？急，在線等！

在水樹家度過暑假時光的我・綾小路和斗，因為父親捎來的聯絡，而暫時回去老家。不過，父親本人卻不在。取而代之的，是一位明明是夏天卻全身裹著毛毯的女孩子。仔細一問，她居然是我的繼妹!?當我將她介紹給凜香認識後……
「小森梨鈴，這孩子跟我一樣是ＳＴＡＲ☆ＭＩＮＤＳ的成員喔。」
我發現了衝擊性的事實！然而，梨鈴無法接受自己尊敬的凜香那種『在線上遊戲裡結婚＝現實世界中也是夫妻』的想法，不禁表示反對……
「網遊再怎麼說就只是遊戲。」
「我不允許妳否定我們的世界。」
兩人最終是否能讓繼妹認同夫妻（暫定）之間的羈絆呢——!?

強力上市中！

輕小説

LIGHT NOVELS

一直被當成無能的魔導師其實是世界最強，卻因遭到幽禁而毫無自覺1

（原著名：無能と言われ続けた魔導師、実は世界最強なのに幽閉されていたので自覚なし）

作者：奉

插畫：mmu

譯者：黃于倫

日本OVERLAP正式授權繁體中文版

【發行人】范萬楠

【出　版】東立出版社有限公司

台北市承德路二段81號10樓　TEL：(02)2558-7277

【香港公司】東立出版集團有限公司

香港北角渣華道321號　柯達大廈第二期1207室　TEL：23862312

【劃撥帳號】1085042-7

【戶　名】東立出版社有限公司

【劃撥專線】(02)2558-7277　總機 0

【美術總監】林雲連

【文字編輯】蔡維祐

【美術編輯】蔣定濂

【印　刷】勁達印刷廠

【裝　訂】台興印刷裝訂股份有限公司

【版　次】2023年05月20日第一刷發行